小学生分级整本书阅读

孩子国的故事

[冰] 安德里·斯奈·德纳森 著
[冰] 奥丝拉格·琼斯多特尔 绘
刘清彦 译　周其星 主编

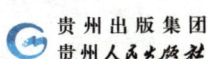

贵州出版集团
贵州人民出版社

丛书编委会（以姓名笔画排序）

主编

冷玉斌　周其星　周益民

编委

王　欢　申芸霜　宁海侠　刘双双
朱　玮　刘　璟　陈秀琴　李学红
周　群　郭史光宏　耿玉苗

· 主编寄语 ·

在**文学**阅读中，
学会**阅读**文学

◎ 周其星

我们的求学历程大致是这样的：六岁开蒙，入学读书，识文断字，弦歌不辍，良好的阅读习惯与能力在逐渐养成。小学阶段呢，正是勤奋阅读不断精进的阶段，海量读书尤为必要，**而文学的阅读训练，更是其中一条最为通达之路。**

你正在阅读的这一系列小说，是一套精心选编的优质文学作品，希望能给你漫长的阅读之旅一些亮光、一些指引。

《孩子国的故事》让我们看到儿童世界里的善良是最珍贵的救世秘方；《艰难求水路》和《荣耀乒乓》都是源于真实的故事和回忆，文本中传递的梦想与爱的力量，可以超越种族和时空；《我的幻影朋友》和《男孩的奇幻漂流》是两个奇幻故事，讲述着童年成长与陪伴的温暖力量。

不只故事在陪伴你们，还有多位爱阅读的老师在一路相随。**老师们的阅读指导，无疑提供了有效的引领与示范。**书中到处是他们阅读这本书时留下的思考印痕，圈点批注，无不在提示或者启发着你，一本文学故事书，可以这样细细品味，一个词语或者一幅图画，都能给予我们无尽的思考与联想。

在文学阅读中，学会阅读文学，就像在泳池里学游泳，身边有一位位风格各异的教练带领，让我们在容易忽略的地方，可以停下来琢磨；在快速推进的情节中，回顾思考；在字里行间，一本小说的秘密也逐渐为你所掌握，一位阅读高手，因此成就。

快乐阅读，收获多多，希望你们不虚度每一段读书的时光。

三四年级整本书阅读**指导策略**

◎儿童阅读专家 王林

阅读关键期 ● 0-9岁学习阅读 ● 9岁以后通过阅读来学习

读什么

以文字书为主,阅读民间故事、神话、童话、小说。

课外阅读总量不少于40万字。

选择图书要注意多样性,打开阅读视野。

中年级孩子对传记、历史、幻想类故事或不同文化的图书感兴趣。

怎么读

三年级的孩子初学默读。

要做到不出声、不指读。从朗读到默读,需要多加练习。

四年级的孩子要熟练掌握默读。

不串行、不摆头。以理解整段的意义为主要目的进行练习。

学习圈点、批注的阅读方法。

把阅读感受旁批在书页上,让阅读留痕,从浅阅读向深阅读过渡。

中年级可以多练习"图像化思考"和"提问"。

"读了这段文字,你的脑海中想象出了什么画面?"
"读了这本书,你有不懂的地方吗?"

阅读的重点

联系上下文，理解词句的意思。

体会文本中关键词句表情达意的作用。

阅读的流畅度很重要。

阅读能力强的孩子让阅读自动化，以句意和段意为主，注重理解的整体性，不局限于字义或词义。

能复述叙事性作品的大意。

感受作品中生动的形象和优美的语言，关心作品中人物的命运和喜怒哀乐，与他人交流自己的阅读感受。

阅读之外

能自己到书店去选购喜欢的图书。

家长不要指定，让孩子自己选择，自己决定读什么书。

老师可以举办"班级读书会"阅读整本书。

整本书的阅读不必侧重文学性，重在读后的交流与讨论。

· 名师导读 ·

呵护心中的善与美

◎ 申芸霜

每一个大人都曾经是个孩子，生性善良，一路成长，总会面临选择。

故事发生在充满奇幻色彩与纯真情感的孩子国，围绕着成长、友谊、责任和牺牲铺展开来。

情节安排巧妙，每一章都像是一个小小的故事，这些故事又相互交织，共同构成了这部作品的完整框架。

孩子们在蓝色星星的照耀下，过着无忧无虑的生活，他们的欢笑声充满了整个国度。在这个国度里，孩子们天真无邪，彼此之间充满了真挚的关怀与善意。

乐天先生，是小说中唯一一个成人角色。他是一个从宇宙飞船中走出来的大人，承诺让孩子们美梦成真，并给他们带来无尽的快乐。然而，他的心里也藏着一个巨大的"梦"。

乐天先生的到来，打破了蓝色星星王国的平静，像一颗石子落入平静的湖面，荡起层层涟漪。孩子们对快乐的认知以及彼此之间的关系，都由此发生了改变。

他带来的各种新奇事物，让孩子们开始沉迷于这些短暂的快乐，对快乐的认知也发生了改变。他们为了获得更多、更独特的快乐，将青春当成交易的筹码，一点点地将其售卖。伴随而来的是冷漠、无视和自私，让人唏嘘不已。

青春所剩不多，"良知"渐渐泯灭。为了保有不切实际的梦和快乐，他们俨然成了牵线木偶。

达洛的出现，给布米尔和胡尔达带来了强烈的冲击。这些孩子生活在黑暗之中，濒临死亡的召唤。他们被忽视、遭污蔑，却仍保有纯真、善良之心。这些孩子的善意之举，唤醒了岛上孩子们心底仅存的良知。

布米尔和胡尔达意识到了错误，开始反思自己的行为。他们开始努力挽回，也试图找回曾经的自己，期待星球恢复往日的模样。可是这谈何容易呢？

阅读过程中，我们也为之担忧、叹息，甚至是悲愤。庆幸的是，最后终于有了圆满的结局。孩子们用聪明才智和团结共进赎回了青春，恢复了往日的容貌，他们也成长了起来。

孩子们的世界虽然简单，但真实而深刻。 换位思考一下，如果我们身处他们的境地，会做出怎样的选择？同时，我们也可以反思自己的成长经历，看看我们是否也曾像他们一样迷失过自我，是否也曾为了短暂的快乐而放弃了内心的善与美。

读一本书，就是一次心灵的旅行。 读过这本书，我们会重新审视自己的成长历程，更加珍惜和感恩身边的每一个人和每一次经历。我们也会明白，真正的成长是心灵的成长，真正的成熟是心智的成熟。

目录

很久以前,有颗蓝色星星	9
冒险开始	13
太空怪兽	20
乐天先生	24
蝴蝶鳞粉	30
太阳下山,黑夜降临	38
大野狼来了!	44
臭气冲天	50
飞向蓝天!最盛大的飞行比赛!	55
冷风、怪树	60
凶猛的大棕熊	67
毛茸茸的蜘蛛	71
蝴蝶怪物	76
最狂野的野兽	81
幽灵小孩	87
哈哈哈哈哈哈!	97
喜剧泰斗好好玩乐天先生	103
太阳是谁的?	109
投票	114
捐助宴会	120
木箱里的炸弹	126
铁石心肠	135
好好玩乐天先生的梦	138
好好玩乐天国王陛下	144
译后记	153

很久以前，有颗蓝色星星

很久以前，在遥远的太空中有颗蓝色的星星。乍看之下，它只是一个非常普通的星球，并不是那种科学家或航天员会多看一眼的星球。微风吹拂着青草和花朵，瀑布从高山飞溅而下，跃入黝黯的深谷。霭霭云朵飘过天空，群星在云层后面闪耀光芒。星球上有许多陆地，每块陆地都围绕着宛如明镜的平静海洋，除非狂风肆虐，才会怒涛翻涌，撞击岩岸，激起无数的小浪花。

> **申老师带你读**
>
> 环境描写是作家常用的写作手法，他为我们勾勒出蓝色星球的魅力与盎然生机：万物生长，各行其道，安然祥和。这样的故事开头很有吸引力，让我们对这颗美丽的星球产生兴趣，小读者也可以用这样的方式写故事。

这个星球之所以特别，是因为只有小孩住在上面。除了植物和动物，整个星球就只有形形色

> **申老师带你读**
>
> 好的故事总是会打破常规。看看这颗星球，它真是太独特了，这群野孩子身上会发生怎样的故事呢？别具新意的描述，让人产生强烈的阅读兴趣。

色、高矮胖瘦不一的小孩。大小孩、小小孩、胖小孩、瘦小孩，有些小孩甚至长得就像你在哈哈镜里看见的怪模样。他们人数众多，难以计数。而且，因为蓝色星星上没有大人，他们爱做什么就做什么，没有人可以命令他们做任何事，所以他们都是货真价实的野孩子。这么说可不是要故意批评大人，其实很多大人还是相当不错的。这些孩子饿了就吃，累了就睡，不睡觉的时候就一直玩，没有人会打扰他们。

蓝色星星虽然美丽，却是个原始蛮荒的地方，每天都有各种危险。要是大人住在这里，肯定没多久就会因为忧虑和压力，变得满头灰发，又老又憔悴。这个星球上的孩子们都不记得有什么大人来过这里，就连天文学家都不会把他们的望远镜朝向这颗蓝色的星星。

现在，或许有人要问：这些孩子是从哪里来的？他们如何繁衍后代？他们永远不会长大吗？如果星球上没有大人，他们又是如何诞生的呢？这些问题的答案很简单：没有人知道。

就如同我说过的，科学家对这颗星球一点儿都不感兴趣，也没有相关的研究，我们只知道那里住满了永远不会长大的野孩子。基于某些神秘的原因，这些孩子心中的青春之井似乎永远不会干涸。事实上，他们轻易就能活上好几百岁。

这些孩子在蓝色星星上有冒不完的险，他们在黑夜里追逐萤火虫，或爬上岩石峭壁，再纵身跃入温暖的水中。

> 永远不会长大，这是不合常理的事情，激发了读者的阅读兴趣。这背后神秘的原因，究竟是什么？孩子们心中的青春之井又是什么？

他们在沙滩上捡贝壳,看海龟爬上岸产卵。高耸的悬崖上到处是筑巢孵蛋的鸟儿,雪白的冰川向大海缓缓推进,发出乒乒乓乓的碰撞和碎裂声。白天,老虎和鹦鹉在淡绿色的森林里游走、飞翔;傍晚,野狼在深绿色的森林里呜呜嗥叫;夜晚,蝙蝠在暗绿色的森林里醒来,蜘蛛也忙着在枝丫间用毛茸茸的脚织网。

每年,蓝色星星都会发生一件非常不可思议的事情。有一道光会穿过蓝山山壁,射进洞里,那可不是一个普通的洞穴,因为那里面住满了沉睡的蝴蝶。当光溢满整个洞穴,照亮蝴蝶的翅膀时,奇妙的事就发生了:蝴蝶纷纷从沉睡中醒来,以极其缓慢平静的方式拍动它们的翅膀,一只只翩翩飞起,飞出洞穴。它们一整天追随着太阳,环绕星球的陆地和海洋、高山和低谷,然后振翅飞回洞穴中,再度沉睡,直到第二年同样的时刻才会苏醒。

蝴蝶的飞行迁徙是蓝色星星最奇妙的景观,这一天也是最令人欢喜的一天。小孩都会躺在草地上,仰望布满天际的蝴蝶,直到它们和太阳一起从地平线消失。

不过,所有的惊奇和刺激,都无法与接下来要说的冒险相比。因为这一冒险令人难以置信的危险程度,已经远远超过蓝色星星上任何一个小孩的想象了。

申老师带你读

把所有的惊奇、刺激与接下来的冒险对比,更容易激发读者的好奇心。悬念升级,究竟是有多危险呢?你能想象得到吗?

冒险开始

这趟冒险从一个海中小岛开始,就在蝴蝶苏醒前不久。那是个阳光灿烂的夏天,布米尔在黑沙滩上漫步,边走边捡贝壳,还不时用扁平的小石头在海面上打水漂。他慢慢走过企鹅筑巢孵蛋的区域,曲曲折折地绕过那些企鹅,小心翼翼地不要踩到任何一颗蛋。

布米尔正打算把他在蓝山附近发现的一颗美丽石头拿给他的好朋友胡尔达看,他那头黄发在黑白色的企鹅群中显得格外抢眼。他的肚子咕噜咕噜响个不停,因为他一路走来完全忘了吃东西。他垂涎欲滴地看着企鹅屁股下面那些可口的蛋,但是,当他发现那些企鹅恶狠狠地瞪着他时,便马上打消了念头。毕竟这里有成千上万只企鹅,而他只有一个人,他的头脑虽然敏锐,但那些企鹅的嘴却更加尖锐。

申老师带你读

把布米尔头脑的敏锐和企鹅嘴的尖锐联系在一起,真有趣。可以从上文看出布米尔是个怎样的小孩吗?

布米尔看见胡尔达拖着一个大袋子，急忙跑向她。

"嘿，"布米尔说，"袋子里是什么？"

"只是一只海豹。"

"只是一只海豹？"

"没错，就一只海豹，还有一些橘子和两只兔子！"

"嗯，海豹是你抓到的吗？"

"哦，那没什么，因为它很小。我一棍子就把它打昏了。"胡尔达边说边用手上的棍子轻轻敲打布米尔的头。

"需要我帮你拖袋子吗？"

"好啊！"

两个人拖着袋子在沙滩上慢慢走着，袋子将他们留在沙滩上的足迹很快就抹平了。

布米尔和胡尔达望向大海，再看看岸边棕榈林立的黑沙滩，他们打算在那里把海豹剥皮烤来吃。他们先捡拾木柴，点火，然后把整只海豹放在火上烤。吃饱后，他们坐在沙滩上看夕阳，接着躺下来，看着天空渐渐变暗，满天星斗越来越闪亮。

"我觉得今天是我这辈子最棒、最美好的一天。"胡尔达笑着轻声说。

"是啊，我原本以为昨天已经是我人生中最棒的一天了，今天却比昨天更棒！"布米尔说。

"你昨天做了什么？"

"也没什么特别的，就是觉得很高兴而已，"布米尔笑着说，"生活真是越来越美好了。"

"而且蝴蝶就快来了。"胡尔达一脸幸福地说。

布米尔把他找到的石头拿给胡尔达看,它是多么光彩夺目啊,就像一千道彩虹,也像一百万颗星星那么闪亮。

"好美啊!"

"送给你。"布米尔说。

"不行,我不能要,"胡尔达说,"它实在太美了。"

"真的,我要送给你。"布米尔说。

<u>胡尔达心里知道,给予也是一种幸福,为了让布米尔高兴,她还是收下了这颗石头。</u>

"这是什么石头?"

"我想它应该是一颗许愿石。"

"我可以许愿吗?"胡尔达笑着问。

"可以啊,想许愿就许吧!只是许完愿后,这颗石头就会变成一颗普通的灰色鹅卵石了。"

"我只能许一个愿望吗?"

"没错,但你可以许任何愿望。"

胡尔达沉默不语,她绞尽脑汁,想了又想。

"我真的想不到要许什么愿望。"

"什么都想不到吗?"布米尔问。

"我有足够的食物,也有很多好朋友,因为每个人都是我的朋友。不过,我以前一直都有个愿望。"胡尔达说。

"什么愿望?"

> **申老师带你读**
>
> 读懂这句话,你会知道如何成为一个幸福的人。你拥有过这样的幸福吗?从胡尔达收下这颗石头这一情节,你能看出她的性格特点吗?

"就是希望我最好的朋友可以给我一颗神奇的许愿石,而这个愿望现在已经成真了,所以我就想不到别的愿望了!"

胡尔达害羞地笑了笑,很快地亲了一下布米尔的脸颊。她小心翼翼地捧着那颗石头,就像捧着麻雀的蛋一样。

"真是一颗奇怪的星星。"布米尔突然开口说。

"在哪里?"胡尔达问。

"在那里!"布米尔大声说。

"那应该不是星星。"胡尔达揉揉眼睛说。

那颗星星并不是在空中静止不动,而是拖着大而长的火焰不断接近,有时还会旋转和绕行,像在天空中用火光书写文字。

"它在空中写字啊!"布米尔说。

"尽情欢乐!" 胡尔达念着。

"尽情欢乐?那是一颗什么样的流星啊?"

那颗星星戛然停住,在空中画了一个圆,然后朝着地面俯冲而下!可怕的轰隆声越来越大,越来越大。

> **申老师带你读**
>
> 刚才还沉浸于朋友间温暖的情谊中,现在却被流星强势袭来的紧张感笼罩。作者充分调动了读者的阅读情绪。

布米尔和胡尔达紧紧靠在一起。

"哦，不会吧，那是小行星还是彗星啊？"

"是宇宙飞船！它快要坠毁了！"

这艘宇宙飞船接近的速度越来越快，他们身边的每样东西都明亮得炫目。树上的小鸟尖叫着飞散，松鼠纷纷钻进洞里，鱼儿躲进海草丛中。布米尔和胡尔达也紧闭双眼，在沙滩上挖洞躲起来。

"它直直地朝我们冲过来了！"胡尔达大叫，"我们完蛋了！"

"抓紧我！"布米尔轻声说。

胡尔达紧紧地抓住布米尔，像要把他捏碎似的。接着，传来非常剧烈的爆炸声！

> 危险来临时，好朋友彼此关怀，不离不弃。

砰！！！

爆炸声在群山之间回荡，一时间，尘土和石块宛如下雨般掉落在沙滩上。

布米尔和胡尔达毫发无伤，就连耳环也没掉。他们小心翼翼地站起来，拍拍身上的尘土。宇宙飞船坠落的地方，形成一个很深的大坑洞。他们慢慢走近坑洞的边缘，低头向下探看。里面烟尘弥漫，几乎什么也看不见，不过，他们还是瞥见坑底有个散发着炽烈光芒、残缺不成形的东西。

"它看起来像老旧的吸尘器。"胡尔达说。

"是宇宙飞船。"布米尔喃喃说。

> **申老师带你读**
>
> 看不见什么生命迹象，却传来敲打声，让人好奇不已。人物出场前的铺垫很重要。

宇宙飞船里看不见什么生命迹象，可是，突然传来一阵低沉的敲打声，砰！砰！砰！听起来像有人正用力想打破宇宙飞船的门。

"已经好久好久没有人从外层空间来这里了。"胡尔达说。

门还是持续发出砰砰的声响，里面的人比之前敲打得更用力了。

砰！砰！砰！

"希望不要出现什么太空怪兽才好。"布米尔低声说。

突然，坑洞里又传来一声可怕的嘶吼，宇宙飞船的门被一下撞开，发出极大的声响。然后，门口便出现一个巨大生物的黑色身影，静止不动地盯着四周的黑暗。

> 可怕的嘶吼、黑色身影、静止不动——作者是烘托氛围的高手，他用生动的细节描写，充分调动读者的感官，使人仿佛置身于紧张、恐怖的场景之中。

太空怪兽

布米尔和胡尔达在黑夜中拔腿狂奔,心急地要把太空怪兽的事告诉他们的朋友。唯一导引他们的月光,却时而隐身在云层后方,时而被棕榈遮蔽。他们跑过草原,跑过森林,沿着河边快跑,然后越过沙漠,一路上边跑边声嘶力竭地大喊:"大家注意啊!有太空怪兽!太空怪兽来啦!"

小孩们纷纷惊醒,惊恐地跑进黑暗中大叫:"太空怪兽在哪里?"

> **申老师带你读**
>
> 作者运用了语言描写、动作描写,渲染了紧张恐惧的气氛。你感受到孩子们的惊恐了吗?

"在黑沙滩那边,快跑!快去躲起来!"

"太空怪兽长什么样子?"有些小孩问。

"我想它是黑色的。"胡尔达边跑边叫。

"没错,它是黑色的,全身毛茸茸,有四个头,牙齿比刀子还尖利!"布米尔大喊。

"像面包刀，还是切肉刀？"思想家阿尔诺问。

"不知道，但是太空怪兽看起来真的很黑。"

胡尔达紧紧拉着布米尔。他们一边跑进黑暗中，一边拼命对着孩子们放声叫喊："千万别靠近黑沙滩啊！"

那天晚上，这个消息就像燎原的野火，很快传遍了整座森林，在每个人的心中点燃恐惧之火。所有的小孩都听说了太空怪兽的事，却没有人知道它真正的长相。有些人说，它很黑很黑，全身毛茸茸，还有一张足以吞下整个星球，包括星球上的树林、湖泊和所有动物的血盆大口。其他人则说，它有十个头，还有十八只可以像X光束一样看穿山林的眼睛。他们都在想象自己被吞进怪兽的肚子里，然后被挤进又黏又臭的肠胃中，慢慢被消化的可怕场景。

布米尔和胡尔达跑得筋疲力尽，最后倒在森林里一棵散发着清香的松树旁睡着了。半夜，胡尔达被布米尔凄惨的哭声惊醒。

"哦，我做了一个好可怕的噩梦！我梦见太空怪兽用许许多多羽毛占据了我的心，搞得我好痒好痒，结果它在吃我的时候，我就忍不住一直哈哈大笑。它足足嚼了我一百下，因为怪兽的妈妈教它要细嚼慢咽。等到它把我吞进去的时候，我发现它肚子里都是水母泥。还有，你知道我有多么讨厌龙虾！"

胡尔达摇摇头。"真是个疯狂又乱七八糟的梦。"

> 消息像燎原的野火，蔓延速度快、传播范围广，从哪些字词中能明显体会到呢？

"我觉得我们已经睡了太久,"布米尔揉揉眼睛说,"我们得在被怪兽吃掉以前,赶快找到其他人。"

他们在森林里走了好长一段时间,现在已经是阳光普照的白天了。放眼看去,没有一个小孩的踪影。不管是河边还是小山丘上,都没有小孩,就连山谷和山脚下也没有。布米尔和胡尔达大声喊叫,却完全听不到任何回应,只有在树间游荡的猴子吱吱叫嚷,以及树叶发出的沙沙声。

"我想,怪兽已经把我们的朋友都吃掉了。"布米尔哭着说。

胡尔达说:"我要用平常打海豹的棍子,把太空怪兽一棒打死!"

胡尔达挥舞着手中的棍子,差点打中布米尔。他们蹑手蹑脚地走向黑沙滩,听见那里传来令人不寒而栗的喧闹声。

"嘘,胡尔达,那是什么声音?会不会是太空怪兽敲开小孩的头骨,吸出脑髓的声音?"

"我觉得听起来像笑声。"胡尔达说。

"哦,不!"布米尔惨叫一声,"这表示不是只有一只太空怪兽,而是有一群可怕又爱笑的太空怪兽,这比一群野狼、狮子和毒蛇加在一起更危险!"

他们双手和膝盖颤抖着匍匐前进,慢慢爬到坑洞边缘,向下窥探宇宙飞船坠毁的地方。在那里,等待他们的是令人难以置信的景象。

> 💡 **申老师带你读**
>
> 作者在结尾并没有点明"令人难以置信的景象"到底是什么,有点中国古代章回小说结尾"欲知后事如何,且听下回分解"的意味,给读者留下了悬念。

乐天先生

"那是什么？"布米尔惊讶地问。

"那个怪兽好像一个长得太大的小孩！"胡尔达紧张地说。

"我想，我知道那是什么了，"布米尔说，"他可能是一个大人，大人通常都很巨大。"

这个大人显然十分幽默。他们的朋友全都围绕在他身边，笑得东倒西歪！他们目不转睛地看着这个神奇生物，他坐在歪七扭八的宇宙飞船上，身穿花衬衫，手提灰色公文包，看起来一点儿都不像太空怪兽。

"大人很危险吗？"布米尔问。

"有些大人非常危险，但这个人似乎很有趣。"胡尔达说。

布米尔和胡尔达的呼吸渐渐和缓，却仍然一脸困惑，那个非常危险的太空怪兽竟然只是个有趣的大人？他们爬进坑洞，加入其他的小孩中间。布米尔看到他的好朋友曼格尼正在捧腹大笑，他走过去坐在了他的身边。

"他是谁啊？"布米尔问。

"嘘！仔细听。"

"孩子们，大家好！我的名字叫乐天，是全世界最**奇特**的人。告诉你们，没有什么事难得倒我，因为我是蓝色星星有史以来最**酷**的一个人。"

乐天先生递了一张名片给在场的小孩。

> **申老师带你读**
>
> 乐天先生的奇特就体现在他的自我介绍和名片中，你能找到吗？没有什么事能难得倒乐天先生，你相信吗？

乐天 宇宙吸尘器营销专员
专长　**助人美梦成真、欢乐无限**
移动电话：763-8381-9599-9383-8993-3444
宇宙电话：160-5070-5855-5589-3453
宇宙网址：www.goodday.mm.is

"助人美梦成真？"

"宇宙吸尘器营销专员？"

"哇，好奇怪的工作！"胡尔达说。

"你们太幸运了，竟然被选中可以得到这项特别服务，"乐天先生大声说，"我会让你们的美梦统统成真！"

"梦怎么可能成真？"思想家阿尔诺问。

"你们晚上睡着以后，梦就醒了。这些梦像虫子一样，从耳朵爬进大脑，一整晚在里面跟你们说各种奇怪的故事。有时候，这些故事太精彩了，你们就会舍不得醒来。但如果这些故事非常吓人，你们就不敢再入睡了。我知道让你们梦境成真的方法。"

"你确定那些梦会成真吗？"布米尔问，"我的梦很诡异哟！"

孩子们看着布米尔大笑起来，因为他常常一大早就迫不及待地把自己的梦告诉他们，那些梦真的诡异至极。

"对啊，像是企鹅会飞的梦，还有树木惨叫的噩梦。"胡尔达笑着说。

乐天先生微笑地看了看眼前这群小孩。

"年轻人，你叫什么名字？"

"我叫布米尔。"布米尔说。

"好，小布布，那我们还等什么？就从把你变成一只会飞的企鹅开始吧！"

乐天先生转向布米尔，挥舞着自己的手臂念道："天灵灵地灵灵，你是一只会飞的企鹅……"

所有的小孩都难以置信地睁大眼睛，只有布米尔闭上双眼，等待即将发生的事情。不过，乐天先生只是哈哈大笑几声，从宇宙飞船上翻了个筋斗跳下来。

"我开玩笑的啦！我会让你们最疯狂的梦成真，而不是最诡异的梦，你们将因此快乐一百倍。"

孩子们嘻嘻哈哈地笑了起来。

"你想让我们变得更快乐吗？那么，你真的来错星球了，我们已经够快乐了！快乐得不得了。"

"既然如此，"乐天先生说，"你们倒说说看，你们觉得最有趣的事情是什么？"

曼格尼首先回答："满月的时候，我会带着捕鸟网爬到高高的悬崖上，听风声和浪潮声。我喜欢坐在悬崖边，等待蝙蝠飞出洞口，在月光中振翅滑行，然后飞到下方正在岩石上睡觉的海豹身上吸血。我会趁那个时候，用捕鸟网抓几只蝙蝠烤来吃，再用它们的翅膀做帽子。"

"我喜欢爬到山顶鸟瞰大地，不过，我最喜欢爬蓝山。"罗格纳说完，像做梦般望着远方。

"下倾盆大雨的时候，我们会在树林间荡来荡去，跳进泥洼里，让泥巴溅得满身都是，然后再去瀑布那边，用飞溅的水花痛快地洗个澡。"艾娃笑着说。

孩子们一个个兴高采烈地说着，直到他们听见震耳欲聋的哈欠声。

是乐天先生在打哈欠。

"哦，亲爱的孩子们，我是不是听错了啊？这些事情简直无聊透顶，我听得都快睡

申老师带你读

生活在如此美丽的星球，生活中的点滴都让孩子们欢喜和满足，连说出来的话也充满了童真。懂得满足，快乐自来。

乐天先生眼中的快乐和孩子们的截然不同，从震耳的哈欠声中可以感受到这种强烈的对比。

着了。你们真的知道怎么找乐子吗？"

所有的小孩一脸惊讶，面面相觑。

"可是，那真的很好玩啊！"

"对啊，我们都这么觉得！"

"不不不，我说的是真正的乐子和游戏，"乐天先生说，"哦，天啊，你们还真是一群完全未开化的人呢！"

现场沉寂了片刻，胡尔达突然开口了。

"嘿，伙伴们，我们忘了说最棒的那件事。每年蝴蝶从洞穴中醒来，随着太阳一路飞行迁徙，那时候真的非常有趣，那是世界上最美丽的一件事！"

"那时候，小鸟也会开心地唱歌呢！"

"蝴蝶迁徙结束后，我们都会觉得好快乐，那种快乐会持续一整年，直到来年蝴蝶再度飞行迁徙。我们会觉得这世界充满了欢乐！"

乐天先生又打了一个哈欠。

"你们对这个世界到底了解多少？好啦，蝴蝶的确很美丽，可是，我要告诉你们更酷的事，甚至比你们刚刚说的那些事加起来都更有趣，这件事非常特别。当然，特别的事，费用自然也特别，还有特别折扣呢！"

"更酷、更有趣？"

"特别的事？费用也特别？"

"没错，完全正确，还有折扣哟！"

"可是，这里没有事情需要花钱啊！"曼格尼说。

"我确信你们会愿意为这件事付上一点儿代价。"乐天先生微笑地看着这群小孩,目光穿透每个孩子的双眼。

"你们想不想飞啊?像鸟一样自在地飞?像蝴蝶一样轻盈地飞?"

> **申老师带你读**
>
> 在情节的推进中,乐天先生一直在诱导孩子们寻找更多、更刺激的快乐。天下没有免费的午餐,凡事都需要付出代价。第一次面对这样的诱惑,孩子们会心动吗?他们会如何抉择呢?

蝴蝶鳞粉

乐天先生深知,每个人都梦想可以像小鸟或蝴蝶一样飞过高山和原野,就算是有恐高症的老妇人,在做了自由飞翔的梦后,醒来心里也会充满喜悦。

> **申老师带你读**
>
> 乐天先生是了解人性的,每个人心里都有遥不可及的梦想。他紧紧抓住了孩子们的心。

布米尔代表大家回答:"我们当然想像蝴蝶一样飞行,我们做过无数次那样的梦,在梦中,我们自在地飞翔、滑行,那真是我们有过的最愉快的梦。可是我们也知道,因为引力,那样的梦根本不可能实现。"

"你该不会是在耍我们吧?"胡尔达一脸狐疑地看着乐天先生。

"我不会耍你们,我真的知道一个可以让你们飞翔的方法。"孩子们难以置信地看着彼此。

"我们真的可以像鸟一样在空中飞翔吗?"

"你们只要告诉我蝴蝶沉睡的地方,你们就能飞了。我保证,绝不食言。"

孩子们好紧张,他们真的能够飞起来吗?他们排成一列出发,沿着河流前进,穿越树林,翻过山丘,走过低谷,朝着蓝山前进,最后终于来到蝴蝶熟睡的山洞。在跟随太阳环绕星球一周之后,它们已经沉睡了一整年。

"嘘!"孩子们轻声说,"我们可能会把蝴蝶吵醒。"

"这里就是蝴蝶的洞穴吗?"乐天先生一边大叫,一边从洞口向里面窥探。

"对啊,蝴蝶都在这里睡觉。"

乐天先生从手提箱里拿出一台很大的吸尘器。

"这是 AP7 4S6R2000 型的超级吸尘器。"

"不会吵醒蝴蝶吗?"

"难道你们不知道现在的吸尘器都是超静音的吗?"

乐天先生惊讶地问。他接上长长的管子,伸进洞口,然后启动开关,真的完全没有噪声!

> 蝴蝶每年的迁徙,让孩子们欢喜不已,这是他们最大的快乐源泉。孩子们害怕蝴蝶被吵醒,而乐天先生对此却毫无顾忌,这样的冲突推动了故事情节的发展。

> **申老师带你读**
>
> 一连串的问题,一脸惨白和惊恐都是因为孩子们关心给他们带来快乐的蝴蝶,害怕蝴蝶受到伤害。这种关心源自孩子们的善良。

"你要吸蝴蝶吗?"布米尔一脸惨白地问。

"这座岛上又没有法律禁止用吸尘器吸蝴蝶,应该没关系吧?"

"你真的要吸蝴蝶吗?"孩子们惊恐地问。

"拜托,你们干吗这么激动!先看看洞里的情形吧!"

孩子们纷纷探头向洞里看,不管是地面、墙壁还是岩石上,统统布满熟睡的蝴蝶,就像往常一样。他们大大松了口气。

"啊,幸好蝴蝶都没事。"布米尔说。

乐天先生关闭吸尘器,拿出集尘袋,高高举起来。

"你们知道里面有什么了吗?"

孩子们彼此对望。

"星尘?"

"蝴蝶的粪便?"

"亲爱的,都不是,里面是全世界最不可思议的神奇魔法粉——蝴蝶鳞粉!"

"蝴蝶鳞粉?"

"你们没抓过蝴蝶吗?"

> 你了解蝴蝶鳞粉吗?它可是故事情节向前发展的重要因素。

他们全都有抓过蝴蝶的经验。

"当你们把蝴蝶放走的时候,手掌上不是会留下一些闪闪发亮的粉末吗?"

"对啊!"孩子们异口同声说。

"太阳照射在蝴蝶翅膀上的时候,就是那些鳞粉让蝴蝶飞起来的。"

"那我们要这些蝴蝶鳞粉做什么?"孩子们问。

乐天先生走向曼格尼,在他的双手上撒了一些粉。刚开始完全没有动静,但是过了一会儿,他就变得像羽毛一样轻盈,接着突然飘离地面,在大家的头顶上方盘旋飞翔。孩子们全都屏气凝神,一脸惊叹。

"我在飞!我在飞啊!"曼格尼大叫。

地面上的孩子们大声欢呼起来。

"他在飞啊!"他们手舞足蹈地又叫又笑。

"我在飞!"曼格尼叫着,"这是我做过的最好玩的事了!"

他像鸟一样在天空翱翔,滑行了几圈,做了几次俯冲,他的肚子因为兴奋过度而抽动着。他攀着树枝,从树梢上摘下奇异果和橘子,扔给其他的孩子。

"太神奇了!真是神奇得不可思议!

> 曼格尼成了第一个体验在天空翱翔的人。从他的动作、语言中,我们能感受到他已经快乐到了极点。乐天先生让他体验到了从未有过的快乐。如果说在此之前,孩子们还心存疑虑的话,那么此刻的飞翔已经让疑虑完全消散。

> **申老师带你读**
>
> 说好需要付费，现在却说可以免费拥有，孩子们自然是不会拒绝的。这样的意外转变，为下文埋下了伏笔。

实在太惊人，太好玩了！乐天先生是全世界最好玩的人！"他大声喊叫。

"从现在起，我们都要叫他好好玩乐天先生！"胡尔达也大叫。

"为好好玩乐天先生欢呼，万岁！"所有孩子异口同声地欢呼道。

"请问，蝴蝶鳞粉要付多少费用？"

"不用，我亲爱的孩子们，你们可以免费拥有。"

"万岁！"

孩子们全都簇拥在好好玩乐天先生旁边，七嘴八舌地叫嚷着："我也可以玩吗？""下一个轮到我！""然后换我！""我也要！"他们的手上也都撒上了蝴蝶鳞粉。

"我们都像蝴蝶一样自由了！"孩子们兴奋地大叫。

那天，布米尔和胡尔达手牵手绕着整座岛飞行，他们看见了其他孩子从未见过的景色：森林里的涌泉旁有绿鳄鱼生的蛋。他们飞过有恐龙骸骨的冰河峡谷，从空中直视火山口内喷发的熔岩。

胡尔达坐在火山口边缘，目不转睛地看着那些不断被熔化的岩石，她感受到腾腾热气一直往上冒。布米尔坐在她身边，顺手捡起一个大石头丢进火山口，那个石头马上熔化了，变成熔岩的一部分。胡尔达用绳子绑了前天剩下的一块又厚又大的海豹肉，慢慢垂进火山口。那块海豹肉也马上被烤熟了，还不时滴下肉汁。

"我还想看一样东西。"胡尔达一边说,一边津津有味地嚼着海豹肉。

"什么东西?"布米尔吸吮着手指问。

"我想看狮子。"

布米尔突然眼睛一亮,心也跟着怦怦跳得厉害。他曾经从很远的地方看过一次狮子,完全不敢靠近它们。

他们飞到一片大草原的上空,那里有一群狮子慵懒地躺在橡树下:有着血盆大口和威武鬃毛的坏脾气公狮,好斗的母狮,还有一些可爱的小狮子在它们周围打闹玩耍。

孩子们先在树上盘旋,然后像麻雀一样停在树枝上。狮子一只只站起来,大声咆哮。

吼吼吼吼吼!

"哈哈!你们抓不到我!"布米尔一边说,一边用橡树果实打狮子。

吼吼吼!

"有本事就来吃我啊!"胡尔达也向它们咆哮。

当那只最雄伟、最强壮的狮子突然站起来,用爪子紧抠着树皮,一点儿一点儿往上攀爬时,他们的心脏差点跳了出来,因为他们常常听到狮子啃光小孩的肉,只剩骸骨留在草原上的可怕消息。

> 有了蝴蝶鳞粉护身,布米尔和胡尔达居然敢向狮子发起挑衅,从未有过的新奇体验已经让他们忘乎所以。

"我们赶快飞走吧!"布米尔说。

"不急,不急。"

"那些蝴蝶鳞粉会失效吗?"

"只要还有阳光就不会。"

那只狮子越爬越高,惊天动地的吼叫声让叶子变得惨白,树上的果子也纷纷掉落到地上。

吼吼吼吼吼吼!!!

狮子猛然纵身跃上孩子们正下方的树枝,就像空中的云朵快速逼近太阳一样。

"快点,"胡尔达说,"我们快飞走!"

于是,他们舞动双臂飞上天空,留下那只被困在树上的狮子。

"**吼!** 你们到底是什么生物?"

"我们是会飞的企鹅,"布米尔说完哈哈大笑,"这比我们做过的最疯狂的梦还要刺激好玩。"

他们嘻嘻哈哈地飞过湖泊、森林、山脉和河流。

爱爬山的罗格纳终于可以美梦成真,飞到岛上每一座山的山顶,他还特别飞到蓝山的山顶两次,再飞下来。

"这真是我这辈子最棒的一天,"他忍不住大叫,"太美妙了!"

"是啊,就算是第二有趣的日子和今天比起来,也变得逊色又无聊。"布米尔说。

"真不明白,我们以前是怎么度过那些没有蝴蝶鳞粉的日子的。"胡尔达露出灿烂的笑容说。

> **申老师带你读**
>
> 孩子们曾经自认为快乐得不得了。在体验了飞翔的快乐后,孩子们对快乐的认知开始发生变化,他们不再满足于以前的快乐。

太阳下山，黑夜降临

但是，蝴蝶鳞粉只有在阳光照射时才能发挥作用，一旦太阳开始下山，孩子们的飞行能力也会跟着减弱。

他们的身体越来越沉重，最后只得回到地面。有些孩子非常用力地挥动手臂，像折翼的小鸟努力拍打翅膀一样，企图飞回空中。

"啊，太阳下山后，西边天空一片通红，东边天空一片黑暗，马上就变得好无聊啊！"艾娃说完，从一处低矮的岩礁跳下来，跌到了地上。

"我也这么觉得，"曼格尼噘着嘴说，"一旦没有蝴蝶鳞粉，身体就变得和铅块一样沉，再也飞不起来，真是糟透了！"

"走路好累啊！"罗格纳说。

"我无聊到想睡觉了，"艾娃说，"和今天这么多姿多彩的乐趣比起来，我们之前的那些梦简直是黑白的。"

第二天，同样的事又重演了一次：孩子们飞翔、滑行、尽情欢笑，可是当太阳下山，他们全都变得无精打采，连话都懒得说，只是静静坐着，等待太阳再度升起。没有人想睡觉，因为比起夜晚的梦境，白天实在有趣太多。

最后，孩子们决定走回黑沙滩，去问问好好玩乐天先生，能不能让蝴蝶鳞粉在晚上也发挥作用。

清晨时分，太阳还没升起，好好玩乐天先生盖着毛毯，睡在沙滩的躺椅上。

他睡得很沉，几乎不省人事。他被孩子们吵醒了，打了个大大的哈欠。

"呵……"他打着哈欠说，"你们要做什么？"

"晚上好无聊哟！"孩子们异口同声地抱怨。

好好玩乐天先生非常了解他们的感受。

"你们终于发现自己的梦太无趣了？"

"对啊，睡觉太无聊，我们希望晚上也可以飞行，快帮我们想办法。"

好好玩乐天先生陷入了沉思，这件事的确让他伤透了脑筋，几乎快要精神分裂了。

"<u>我应该可以搞定，而且不需要付太多费用。</u>"

"万岁！万岁！"孩子们兴奋地大叫，"乐天先生是全能万事通！那需要多少费用？"

"几乎不用什么费用，只要一丁点儿……"

"一丁点儿什么？"

"也许只需要一丁点儿青春。"

"青春？"

> 免费期已过，事先已告知收费的事宜，乐天先生现在的说辞似乎合乎情理，对此你怎么看呢？

> **申老师带你读**
>
> 你思考过什么是青春吗？诗人说，青春一去不复返，可见青春是需要珍惜的。暂时的欢乐和可能由此逝去的青春，孰轻孰重呢？

"在你们每个人的心里，都有一口很深的井，那里充满了青春，滋养着你们的灵魂。"

"你要拿走我们的青春？"

"不不不，不是全部，只是一丁点儿，大概不到百分之一，甚至比从杯子里啜一小口水还要少。"

"我们不会有任何改变吧？"

"放心，完全不会，你们既不会变矮，也不会长高。"

"哈哈，"孩子们笑得很开心，"谁会在意用一丁点儿青春去换数不尽的欢乐呢！"

"那要怎么做？"

好好玩乐天先生马上露出非常有智慧的表情，给他们看一些图表。

"中午太阳攀升到最高点的时候，我会拿一根大钉子，把太阳牢牢钉在你们这座岛的上空，这么一来，就会永远艳阳高照，你们就可以一直飞、一直飞，爱飞多久就飞多久，再也不必睡觉了。"

"哇！太棒了！"孩子们欢呼。

每个人都心急如焚地等待中午到来。

终于，好好玩乐天先生从躺椅上起身，走进他的宇宙飞船，搬出一架很长很长的梯子，又拿出一把巨大的锤子和一根大钉子。

他把梯子架在白云上，戴起墨黑的太阳眼镜，以免被阳光刺瞎双眼，再戴上圆点图案的烤箱专用隔热手套，免得被太阳灼伤。接着，他拿起锤子和钉子爬上高高的蓝天，把钉子钉在太阳的正中央，声音传遍了整个世界。

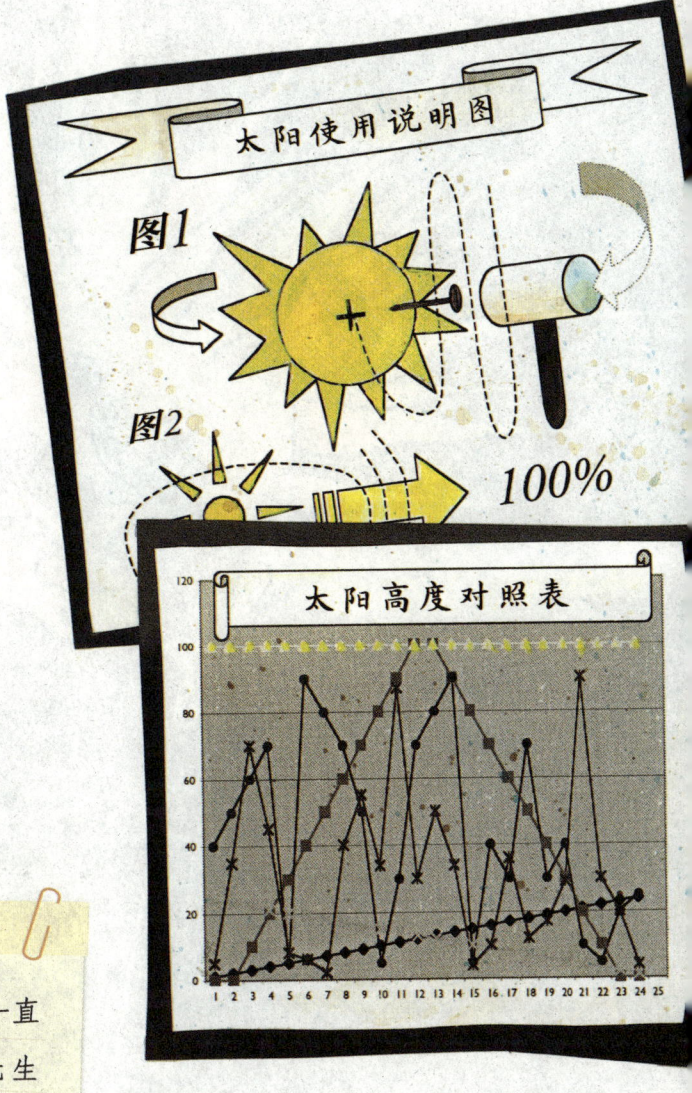

为了满足孩子们能一直飞的梦想，乐天先生违背自然规律把太阳钉住，这很疯狂，它将带来什么后果呢？

砰！砰！砰！

金色的光芒散落到每个角落，也散落在海上，发出嘶嘶的声响，激起不少气泡。好好玩乐天先生从梯子上一跃而下，滑行到地面。

"孩子们，从现在起，太阳就不会离开了，你们再也不必说早安或晚安，你们的小岛将永远是白天！"

"万岁，万岁！"孩子们狂欢大叫，"这里永远是白天，没有任何事情难得倒好好玩乐天先生！"

此时此刻，对孩子们来说，这座小岛真是再有趣不过了。太阳总是一动不动地高挂在天空，阳光普照，大家都不必睡觉。花朵瞬间绽放，使小岛变成一片花海，俨然是海洋上的一座花岛。柠檬变黄，苹果转红，树木常青，就连外海也能听见地面不断啪啪啪地冒出新芽，长成茵绿的青草。

孩子们不停地飞啊飞，完全没有人注意到时间流逝，他们在天空看不见星星，只有持续的正午艳阳。他们尽情地欢笑和玩耍，没有片刻觉得无聊。每个人都被晒得一身棕黑，带着灿烂的笑容，还有无限的欢乐和满满的蝴蝶鳞粉。

大野狼来了!

可是没过多久,太阳就被云遮住了。刚开始只是飘来一小朵云,接着越聚越多,天空变得乌云密布,然后下起倾盆大雨。孩子们心情郁闷地坐在树下躲雨。

> **申老师带你读**
>
> 谁都想一直拥有快乐,与其说不能接受太阳被乌云遮住,不如说是不能接受失去。想要一直拥有,其实是内心的欲望在不断地滋长。

"我讨厌下雨。"艾娃喃喃地抱怨。

"我也是。"曼格尼意兴阑珊地说。

"下雨天就算撒满蝴蝶鳞粉也没用。"布米尔咕哝着发牢骚。

孩子们涉水走过海边的烂泥和浅水洼,去找好好玩乐天先生。他正躺在印花遮阳伞下悠闲地休息。

"当你在空中自由自在地飞翔时,太阳偏偏被云遮住了,这种事不但叫人难以忍受,而且非常危险,因为你可能会直接掉落地面，摔得粉身碎骨！"胡尔达气急败坏地说。

"没错，我们都被突如其来的大雨吓坏了！下雨真的很无聊！"

"快让雨停！快让雨停！"

好好玩乐天先生再度陷入长时间的沉思。

"亲爱的孩子们，我想我可以搞定，而且应该不必付太多费用。"

孩子们的眼睛马上亮了起来。

"要怎么做？"

"看看天上那些云。"

孩子们全都低头看着自己的脚，没有人抬头。

"别傻了，我要你们看云，不是看脚。"

"可是云真的很无聊，我们连看都不想看，"布米尔说，"我们想要飞，那才是令人兴奋的事！"

第一次付费时孩子们还有担忧，还有迟疑，但这一次孩子们没有丝毫顾虑。想要一直飞的欲望，已经让其他事情变得不重要了。

"但是，我要你们看看云的样子像什么。"

孩子们无精打采地抬起头，呆呆地凝视着天空。

"你为什么不直接告诉我们？我们不想看云，我们要飞得比云还高。"

"我应该告诉你们我的想法吗？"好好玩乐天先生说，"我觉得那些云很像绵羊，故意来这里，在你们身上撒尿。"

好好玩乐天先生发出如雷的笑声。

"好恶心的绵羊，"孩子们说，"它们最好不要随意在我们头上便便。"

"可是要怎么做才能除掉这些讨厌的绵羊呢？"好好玩乐天先生问。

"你想个办法吓走它们吧！"胡尔达露出一脸灿烂的笑容。

"绵羊最怕什么？"

"它们最怕大野狼！"布米尔大声说。

"没错！"

> **申老师带你读**
>
> 作者并没有直接写乐天先生"制造"出了乌云，而是细致生动地书写了"制造"的过程，丰富了故事的精彩程度。

好好玩乐天先生从他的灰色公文包里，拿出一根又大又粗的雪茄，点燃它，开始吞云吐雾起来。他被烟呛到，猛咳了几声，连耳朵都冒出可怕的烟。他的鼻子就像工厂的烟囱，嘴巴则像排烟管，这些烟袅袅升空，聚集成一朵不祥的乌云。那朵乌云越聚越大，也变得越来越丑陋。好好玩乐天先生抽完雪茄后，骄傲地望着天空。

"怎么样，你们还喜欢吗？"

"你是说那朵丑陋的乌云?"孩子们问。

"我是说,你们喜欢那朵狼云吗?"

孩子们目瞪口呆地仰望天空,他们看见那朵乌云真的就像一只巨大凶猛的野狼。好好玩乐天先生挥舞着手臂大喊道:

"大野狼!大野狼!快去抓那些在孩子们身上撒尿的绵羊!大野狼!大野狼!快去抓那些遮住阳光的绵羊!"

天空中突然传来一阵前所未闻的恐怖嚎叫,像同时下起了一千场暴雨似的。狼云的眼睛和嘴巴发出闪光,它飞奔过天际,一口吞噬了好几朵绵羊云。

作者调动了视觉和听觉两种感官,对狼云的描写很传神,让我们有身临其境的感觉,好像看到了这只凶猛的野狼。

那些绵羊云马上向四面八方散去，将自己隐藏在地平线的后面。于是，天空再度恢复了晴朗湛蓝。

除了那朵大乌云，天空中再也看不见任何一朵云，那朵狼云环绕着地平线打转，确保绵羊云再也不会出现。

"万岁！"孩子们兴奋地大叫，"要是没有好好玩乐天先生救我们，我们可能会在雨天无聊到死。"

"那朵狼云很危险吗？"胡尔达问。

"除非你们穿着白色套头毛衣，像绵羊一样咩咩叫着在天空飞来飞去。"

"它会把太阳也吞掉吗？"

好好玩乐天先生没有回答。

"那……那朵狼云需要多少费用？"布米尔问。

"哦，没什么，真的，"好好玩乐天先生说，"也许只要再多一点儿青春。"

"你需要多一点儿青春？"

"只需要多一丁点儿就行了，只要一小滴，甚至少到不值一提。差不多是你们百分之十的青春。"

"我们真的搞不懂那个百分之几是什么意思。"

"那你怎么收集青春呢？"思想家阿尔诺问。

"你们真的有兴趣听这些关于

> **申老师带你读**
>
> 面对快乐的诱惑，布米尔主动提起付费的事。从这个举动中你能感受到什么？百分之十的青春，真的如乐天先生说的只是"一丁点儿""不值一提"吗？当孩子们还没明白百分之几是什么意思的时候，青春已经被售卖了。

无聊吸尘器的蠢话题吗？"好好玩乐天先生问，"你们不必懂这些，难道你们没有看见现在阳光普照，天空一片湛蓝吗？"

"万岁！"孩子们发出一阵欢呼，便纷纷飞向天际。

他们越飞越高，越飞越高，直到变成蔚蓝晴空中的小黑点。整座小岛回荡着孩子们的欢笑声，甚至掩盖住燕鸥和海鸥刺耳的鸣叫。他们只要一发现什么新奇好玩的东西，就会爆发出惊奇的欢呼声，或是尝到树顶上那些甜美的果实，也会发出啧啧的赞叹声。如果不是好好玩乐天先生教他们飞行，他们永远也采不到那些果子。

空中弥漫着花香。可是没有多久，一阵奇怪的味道便随风飘来，不管孩子们在哪里，都闻得到这股令人作呕的气味。

臭气冲天

"你们闻到什么臭味了吗?"好好玩乐天先生坐在沙滩上大声问。他全身涂满防晒油,正喝着冷饮,让自己保持凉爽。

"什么臭味?"孩子们一无所知地问。

"闻起来不像是火山传来的味道,倒像是混合了臭鸡蛋和臭脚丫的味道。"好好玩乐天先生面有难色地问,"有人放屁吗?"

> **申老师带你读**
>
> "混合了臭鸡蛋和臭脚丫的味道",作者对臭味的形容真是太奇妙了。这种富有新鲜感的表达,总能抓住读者的目光,让人忍俊不禁。

孩子们纷纷环顾四周。

"哦,我想起来了,"曼格尼说,"现在是河马放屁的季节。"

"斑马的脚臭季节也是这个时候。"布米尔补充道。

"小鬼，你们是在吓唬我吗？这里简直臭到快没办法呼吸了。"

好好玩乐天先生在身上喷了很多香水，气味强烈到在他附近的苍蝇统统一命呜呼。

大家沉默了好长一段时间。

"我们真的是吓唬你啦！"艾娃像只蜜蜂似的，在花朵盛开的樱桃树上飞行，"我们太久没洗澡了，因为在瀑布底下洗澡实在太无聊了。"

"而且会把蝴蝶鳞粉洗掉，"孩子们说，"所以我们干脆不洗了。"

"难道你们都不觉得自己快要臭死了吗？"好好玩乐天先生捏着鼻子问。

"只要我们飞得够快，风就会把臭味吹走啊！"艾娃咻的一下飞了过去。

"亲爱的孩子们，你们知道吗，全世界最简单的事就是除臭啊！"

"你知道怎么做吗？"

"世界上没有我不知道的事，"好好玩乐天先生说，"跟我一起去瀑布那里吧！"

孩子们开始往瀑布的方向飞去。他们像海鸥一样在好好玩乐天先生头顶盘旋，一路穿越森林小径，飞向那个从峡谷狂泻而下、发出狂暴怒吼的瀑布。

孩子们被瀑布的威力震慑住了。瀑布的怒吼声太大，根本听不见其他人说话。在阳光的照射下，一座巨大的彩虹就横跨在瀑布溅起的水雾之中。

"孩子们，看看这有多可惜啊！"好好玩乐天先生低头看着深不见底的峡谷大声说。

"你说什么？"孩子们惊讶地大吼。

"瀑布的水全都浪费掉了，这么好的水竟然没有人用。"

"可是它很美啊！"艾娃大喊。

"光是盯着瀑布看？真是一件幼稚又浪费时间的事。你们看清楚了。"

好好玩乐天先生卷起袖子，拿出一把锤子，从各种不同的角度，把横跨峡谷的彩虹敲下来，揉成小球，再把它搅进瀑布喷溅的水雾中，产生一种黏糊糊的棕色胶状物体，然后用力装进罐子里。这下子，彩虹没了，瀑布奔腾的怒吼声没了，飞溅的水雾也没了，瀑布转眼间变成涓涓细流。

"他在做什么？"孩子们窃窃私语，然后在一片沉寂中静静聆听。

"我用瀑布的怒吼、飞溅的水雾和彩虹做成一样神奇的东西，让你们从现在开始再也不必洗澡。"好好玩乐天先生一边说，一边用力摇着手中的罐子，然后把里面的东西喷在孩子们身上。

"神奇的东西？"

"就是神奇铁氟龙喷雾啊，它可以让你们的皮肤变得非常光滑，泥土和尘埃再也不会附着在你们身上。"

"所以我们就永远不会臭臭的喽?"

"如果你们全身上下都喷满铁氟龙喷雾,就不会了。"

"那我们也不必在瀑布的水花下面洗澡喽?"

"不信的话,就躺在泥巴上试试看吧!"好好玩乐天先生说。

孩子们在泥地上滚来滚去,泥巴却马上从他们身上滑落。他们纷纷拿来自己觉得最恶心的脏东西,像狗便便、烂香蕉、死苍蝇等丢向对方,结果也一样。这些脏东西完全不会附着在身上。他们的手、指甲和屁股全都没有脏污,干净到甚至连一丝脚臭味都闻不到。

"这个神奇铁氟龙喷雾让你们变得干净又滑溜,你们甚至没有办法牵手或拥抱。"好好玩乐天先生笑眯眯地说道。他的牙齿洁白又整齐,看起来就像一排方糖。

孩子们试着牵手,却完全抓不住对方的手,他们比鲑鱼还滑,比鳗鱼还黏。他们也试着彼此拥抱,可是不管怎么用力,对方的身体还是一下子就滑开了。虽然如此,孩子们还是兴奋地哈哈大笑,因为他们依然能飞:蝴蝶鳞粉当然被覆盖在神奇铁氟龙喷雾下面!

"哇,你不只是全世界最有趣的人,也是目前为止最聪明的人。"布米尔说。

"这些神奇铁氟龙喷雾必须付多少费用?"

> **申老师带你读**
>
> 青春再一次成了交易的筹码，它还剩下多少呢？百分之一的青春，在孩子们眼中一点儿也不贵，让人忍不住为他们担忧起来。孩子们好像被乐天先生牵引着，一步步走向了深渊。

"哦，不多，只要再多一点点青春就行了。"

"再多百分之一吗？"孩子们问。

"没错，再多百分之一就够了。"

孩子们明白，为了不必在冰冷的瀑布水花下洗澡，从深不见底的青春之井中付上这一点点代价，其实一点儿都不贵。

"好好玩乐天先生万岁！"

现在，对岛上的孩子们来说，每件事情都完美无缺，他们高兴地在蓝蓝的天空中跳舞。他们想飞就飞，太阳整日高挂，天空清透湛蓝，他们浑身喷满神奇铁氟龙喷雾，永远干净滑溜。

"你们可以来一场世纪飞行比赛了！"好好玩乐天先生大喊，"更快速！更兴奋！更有趣！"

"万岁！"孩子们不约而同地大叫，"我们真的要大玩特玩了！"

飞向蓝天！最盛大的飞行比赛！

好好玩乐天先生拿出扩音器，高声叫喊：

"**最盛大的飞行比赛就要开始了，现在，我们来看看谁是这座岛上最厉害的人！**"

孩子们一脸惊讶地看着好好玩乐天先生。

"可是每个人都有他厉害的地方啊！"

"飞得最快的，就是你们当中最厉害的人。快来进行有趣又好玩的飞行比赛吧！"

"我和胡尔达一组。"布米尔说。

"不不不，分组比赛一点儿都不好玩，"好好玩乐天先生说，"单人比赛才有趣，飞得最高的人就是第一名。预备，开始！"

孩子们个个奋勇争先，又叫又笑地冲向天空。艾娃和曼格尼不相上下地并列领先，他们像喷气机般直冲云霄。可是不久，他们便遭到一群燕鸥猛烈的啄咬攻击，掉落到地面。于是，思想家阿尔诺蹿升到领先地位，但他也撞上一群大雁，结果和它们一起掉落到地面。布米尔和胡尔达趁此机会用最快的速度往高处飞，把其他人远远甩在后面。

"我一定要赢!"布米尔心想,他奋力向上爬升,却只领先了胡尔达一点儿。

现在,整场比赛只剩下他们两个翱翔在令人惊惧的高空。陆地上的一切都变得非常渺小,地面上的小孩也都小到看不见了。事实上,就连湖泊和森林也都变成蓝蓝绿绿的小点。

他们飞得比燕鸥高,比滑翔的塘鹅高,比展翅的天鹅高,甚至比盘旋的老鹰还高。他们已经飞到超出蝴蝶鳞粉所赋予的高度极限。最后,布米尔高高竖起的头发率先抵达终点线。

"哈哈!太幸运了!我赢了!你输了!"布米尔发出胜利的欢呼。

胡尔达涨红着脸说:"头发不算。"

"哈哈!当然算,酸葡萄!"

"真希望我能飞得比你高!"胡尔达大叫。

胡尔达忘了她有一颗神奇又美丽的许愿石,就在她开口许愿的瞬间,那颗石头马上变成了普通的灰色鹅卵石,胡尔达也开始往上直冲。布米尔赶紧去抓胡尔达的腰带,两个人以极快的速度上升。

"你作弊!我赢了!我最厉害!"布米尔大喊道。

"才不是,我赢了!"

布米尔狠狠去咬胡尔达的脚,胡尔达也想用力扯布米尔的头发,两个人在空中扭打起来,却一下就滑开了。而且在许愿的力量下,他们越飞越高,越飞越高。

"叛徒！"布米尔叫着，"你毁了许愿石！"

"笨蛋！我想许什么愿，就许什么愿！"

布米尔和胡尔达已经升到非常危险的高空了，要不是突然刮起一阵狂风把他们往横向吹，他们很可能已经飞出外层空间，彻底迷失，或是把臭氧层穿破一个洞，然后被太阳灼伤。他们被强风吹过高山，越过峡谷，最后来到外海。可是，布米尔和胡尔达完全视若无睹，他们只顾着吵架、争论、尖叫，想要抓扭、撕扯和击打对方。等到他们低下头，才突然发现已经看不见自己住的小岛了。他们的下方除了一望无际的海洋，什么都没有。鲸和鲨鱼在海中游动，远处则闪现不知名的高山、溪谷和云层。

你还记得这颗许愿石吗？还记得胡尔达许下的愿望吗？为了赢得这一次比赛，胡尔达又一次启用了许愿石。这也预示着两人的友谊将受到考验。危险在靠近，他们却全然不知，此刻他们的眼中只有输赢。

"看你干的好事，"布米尔说，"我们已经被吹到这片蓝色海洋了。"

"蓝色海洋？蓝色海洋是哪里？"

"你闭嘴，胡尔达！"

"你才闭嘴呢，布米尔，你这个大混蛋！"胡尔达说，"都是你害的，谁叫你想抓着我？"

"都是我害的？那颗许愿石是我给你的！"

两个孩子被风带得更远了，他们终于安静下来。现在那个被钉住的太阳已经离他们好远好远，变成西方海面上的一个小红点。

"你看！"布米尔突然开口。

"看什么？"胡尔达没好气地问。

"太阳快下山了。"

"那又怎样？"

"我几乎忘了夕阳有多美。"布米尔说。

胡尔达沉默不语，不过，布米尔发现她正目不转睛地看着夕阳，她的双眼也映照着夕阳的余晖。但是，蝴蝶鳞粉只有在阳光下才能发挥作用，而他们正被风吹往星球的另一边。那里一片漆黑，因为太阳只能照射到星球的半边。在那一片漆黑的下方，同样有着森林、湖泊和土地。

"哦，不！我们开始往下掉了！"布米尔大声叫嚷。

"哦，我可不想死啊！"胡尔达哀号。

他们坠落的速度极快，风从他们的发际呼啸而过，随着速度加快，他们越来越接近地面。现在，他们已经比老鹰盘旋的高度低，比天鹅展翅的高度低，甚至比塘鹅滑翔的高度低了。突然，砰的一声，他们摔落在地面上。

这里通过高度的对比，让我们直观地感受到他们下降的速度很快，也感受到他们内心的紧张和惧怕。他们降落的地方一片漆黑，蝴蝶鳞粉起不了作用。他们即将面临什么呢？

冷风、怪树

黑暗森林的灌木丛中传来虚弱的声音。

"胡尔达！胡尔达！你还好吗？"布米尔用手摸索着出路,"胡尔达，你在哪里？"

"布米尔，我在这里。"她的声音在黑暗中回响着。

当布米尔的双眼渐渐习惯黑暗时，他看见胡尔达挂在一棵树上。

"需要我帮忙吗？"布米尔问。

"我可以自己下来，走开！"

布米尔听见一声巨大的树枝断裂声，胡尔达从树上掉了下来，他紧张地走向胡尔达。

"你还好吗？"

"别管我，这是下来的最简单方法。"

布米尔一句话也没说，他看见胡尔达受伤了。他们虽然在森林里，可是这里的树没有半片叶子，风在光秃秃的枝丫间钻来钻去，天空布满云朵。

"怎么办？"布米尔问，"我们迷路了。"

"我们?你打算一直跟着我吗?我可不需要你。"

> **申老师带你读**
>
> 为了赢得比赛,友谊被抛诸脑后,曾经的好朋友突然变得有些陌生了。"我可不需要你",这句话伤透了布米尔的心。

布米尔依然沉默不语,只是哀伤地看着胡尔达。

"这里那么暗,我们绝对没办法找到出路。"他说。

"我要在这里等到天亮,"胡尔达说,"太阳出来以后,就可以飞回家了。"

胡尔达在一棵树旁坐下,将地面成堆的落叶覆盖在自己身上。布米尔走向另一棵树,用力摩擦两根树枝,再利用一些小细枝点燃小小的火苗。

透过火光,他看见胡尔达冷得直发抖。

"胡尔达,你要不要来火堆旁取暖?"

她没有回答。

于是,他们就这样坐着等待天亮,布米尔坐在火堆旁,胡尔达不停地发抖。这里的夜晚长得叫人难以置信。布米尔饿坏了,但这些树上找不到半颗果子,视野所及也看不见任何动物。他

筋疲力尽，终于沉沉睡去。

布米尔醒来时，太阳依旧没有升起，他却觉得自己已经睡了好长好长时间。

他纳闷了片刻，突然脸色一片惨白。

"胡尔达！"

"怎样啦，你这个大混蛋？"

"我想太阳是不会升起了。"布米尔难过地说。

"你能不能乐观一点儿？！太阳当然会升起。"

"胡尔达，难道你忘了，我们已经叫好好玩乐天先生把太阳牢牢钉在我们那座小岛的上空，这样才能一直维持白天？"

"哦，惨了，"胡尔达说，"我们正好掉在星球永远黑夜的这边。"

"这表示我们必须一路走回家。"

"你觉得好好玩乐天先生会来救我们吗？他总是有办法，而且所有的小孩应该都在担心我们吧！"

布米尔和胡尔达又等了好长一段时间，其间睡睡醒醒了好几次，天色依然黑暗，而且没有任何人来救他们，两个人的肚子不约而同地咕噜咕噜叫起来。

"他们已经把我们忘得一干二净了。"

"也许他们会忘了你，但绝对不可能忘了我。"胡尔达生气地说。

"可是，我们的岛总是日正中天，他们不会知道我们失踪多久了。"

"他们一定在路上了，我还要等下去。"

"那我先走了。"布米尔说。

"要走就走啊！我才不在乎呢！"

布米尔走进森林，把胡尔达一个人留在原地。

"等等，布米尔！"

"你要跟我一起走吗？"

"不，我要走在你后面，这样如果有猛兽突然冲出来，就会先吃掉你。"

布米尔没有回话，胡尔达紧跟在他后面。他们被蓟草刺伤，还要费力爬过倾倒的树干。

黑漆漆的森林里，所有的树看起来都像妖魔鬼怪。树枝就像长了很多疣的长手，伸出来要抓他们，不让他们逃出去。有时候树枝还会发出噼噼啪啪的声音，好像在说：

"噼噼啪啪，咔啦咔啦，**抓住布米尔。树枝干裂，阴冷黑暗**笼罩布米尔。噼噼啪啪，咔啦咔啦，嘎吱嘎吱。"

"天啊，"布米尔说，"这是我做过的最可怕的噩梦。"

有时候，呼啸而过的风声就像森林里的鬼魅呻吟。

作者把树枝比作"长了很多疣的长手"，这个比喻不仅生动形象，而且极具冲击力，使原本静态的树枝充满动感和攻击性，为整个场景渲染了恐怖不安的氛围。

申老师带你读

字号变大，胡尔达心里的恐惧也在增大，这种紧迫感和危机感让我们的心脏扑通扑通跳。

"呼呼呼，嘶嘶嘶，胡尔达……
我们要来抓她啦！
呼呼呼，冷飕飕，
在荒郊野外，我们会纠缠她、戏弄她，
让她独自受折磨，
我们会逮到她、隐藏她，
让她永远回不了家！"

"布米尔!"这次是胡尔达大叫。

布米尔马上停下脚步:"怎么了?"

"在我们继续往前走以前,应该先做一件事。"胡尔达说。

"什么事?"布米尔直率地问。

"我们要先试着和好,不然,永远也回不了家。"

布米尔想好好看着胡尔达,但在一片黑暗中,

面临巨大的困难时,理智最终战胜了小脾气。他们的友情经历了考验后,正在慢慢恢复。

> **申老师带你读**
>
> 当初毫不犹豫地喷洒神奇铁氟龙喷雾,此刻成了拥抱彼此最大的障碍,这就是世事难料,也是自食其果。

除了她眼角闪烁的一点儿泪光外,什么也看不见。

"当然,你是我最要好的死党。"布米尔说。

"哦,布米尔,你是我最要好的朋友,原谅我刚刚对你那么过分。"

布米尔想给胡尔达一个拥抱,可是他们身上喷满了神奇铁氟龙喷雾,身体太滑了,根本没办法拥抱。

这两个孩子边走边爬地穿越森林,刺骨的寒风加上心里的恐惧,让他们全身发抖。虽然他们的肚子饿得咕噜咕噜叫,心里却因为重新和好而觉得暖融融的。

没走多远,身后突然传来一声凶猛的嚎叫。布米尔赶紧转过身,一只大棕熊的血盆大口正出现在他眼前,它的牙齿像冰锥一样尖锐。

凶猛的大棕熊

那只熊用后脚高高站起,发出狂暴的吼叫,布米尔和胡尔达吓呆了,全身动弹不得。胡尔达结结巴巴地开口说:"大棕熊,求求你别吃我们,我们只不过是无辜的小孩啊!"

那只熊咆哮地回应:"自从太阳消失以后,我就再也没吃过任何食物了,现在,我要把你们嚼到连骨头都不剩!"

> **申老师带你读**
>
> 究竟是谁让星球的这一边没有了太阳呢?是乐天先生,还是孩子们?自然规律被人为改变后,势必会破坏原有的生态平衡和自然状态。

"哦，不要！布米尔，我们完蛋啦！"

当大棕熊嗅着他们的肚子，哼哼喷着鼻息时，两个孩子一动不动地紧闭双眼。

"吼，吼，"大棕熊咆哮了几声，又闻了闻他们，然后狂吼，"你们不是小孩？你们是什么？"

"你……你是什么意思？"布米尔问。

"你们甚至不是人，"大棕熊板起脸说，"你们根本就是一种不能吃的可怕怪物。"

胡尔达的脸涨红起来。"不能吃的可怕怪物，是什么意思？"她大声问。

"你们闻起来一点儿都不像小孩，你们身上有股淡淡的蝴蝶味道。你们不是塑料小孩，就是僵尸。"大棕熊一边说，一边忧心忡忡地环顾四周，尤其是当它提到僵尸的时候，身上的鬃毛都竖了起来。

布米尔轻轻碰了一下胡尔达，她没有发现。

"我们才不是塑料做的，更不是僵尸，我们是活生生的小孩！"胡尔达大叫，她简直要气炸了。

大棕熊又发出怒吼："不，你们才不是。我很清楚美味鲜嫩的小孩闻起来是什么味道，而你们也不是蝴蝶，因为它们身上有彩虹般的色彩，而且每年都会追逐太阳飞行。

"那时候，所有的大熊都会陷入热恋，然后生下小宝宝，因为蝴蝶成群飞舞是这个世界上最美丽的一件事。"

大棕熊沮丧地转过身，消失在森林里。

"我可以证明我们是小孩，你可以吃我们！"胡尔达怒气冲冲地对大棕熊狂吼。

"别说了,胡尔达!你到底想做什么?难道真的要让那只熊吃掉我们吗?"

"我们是货真价实的小孩!我们是货真价实的小孩!"胡尔达继续对着黑暗大声嚷嚷。

"我们是货真价实的小孩!我们是货真价实的小孩!"黑暗中传来阵阵回声。

胡尔达坐在岩石上哭了起来。

"别哭啦,胡尔达,至少我们没有被熊吃掉。"

"不,我们死了,当我们从天空中摔下来的时候,就已经死了。"

"别傻了,我们不但活着,还活蹦乱跳!"布米尔斩钉截铁地说,但还是忍不住确认了一下自己的心跳。

"你难道没听见那只熊说的话吗?它说我们不是小孩,是塑料,是僵尸,所以不吃我们。你听过有哪只熊不吃小孩的吗?"

"胡尔达,你还不明白吗?我们没被熊吃掉,是因为我们手上撒了蝴蝶鳞粉,身上喷满神奇铁氟龙喷雾,让我们的身体一尘不染,没有气味,只剩一点点淡淡的蝴蝶味道。"

胡尔达擦干眼泪说:"所以,你的意思是,好好玩乐天先生用那些东西救了我们一命,让熊不想吃我们?"

"你看吧,"布米尔说,"好好玩乐天先

> 申老师带你读
>
> 真如布米尔所言,是那些东西救了他们一命吗?他没有想过,他们现在正在经历的一切,又是因为什么呢?

生总是会救我们。"

这两个小孩继续穿越这座枝丫光秃的黑暗森林。没走多远,他们又听见了回声。

我们是货真价实的小孩!
我们是货真价实的小孩!

哈哈哈哈哈哈哈!!!

"这回声来得真慢啊!"布米尔说。

"这不是回声。"胡尔达说完专注地聆听。

这声音来自四面八方,而且离他们越来越近了。

毛茸茸的蜘蛛

我们是货真价实的小孩!
我们是货真价实的小孩!

哈哈哈哈哈哈哈哈!!!

布米尔和胡尔达专注聆听。

"谁在学我说话?"胡尔达对着黑暗大叫。

"谁在学我说话?谁在学我说话?谁在学我说话?"黑暗中传来的声音响应。

两个孩子从树干间凝神注视着漆黑的森林,远处的歌声渐渐传入他们耳中。

八只脚,吃苍蝇,
尖倒钩,抓毛虫。
织啊织,织啊织,
丑水壶,吐口水,
织罗网,缠虫身。

> 织啊织，织啊织，
> 心怀邪恶的念头。
> 闻啊闻，闻啊闻，
> 闻到蝴蝶的味道。

"看那张网。"布米尔伸手指着摊在枝丫间的一张巨大蜘蛛网。

"那里也有。"胡尔达说。

"头上也有！"

> 听啊听，听啊听，
> 听见小孩在胡扯。
> 织啊织，织啊织，
> 织进命运的网里。

一只毛茸茸的蜘蛛从最高的树上垂吊下来，身后连着蜘蛛丝悬挂在两个孩子面前。

"嘿，大餐，我的名字叫八脚怪，我要吃掉你们。"

布米尔想起熊说过的话，连忙解释："我们不是什么大餐，我们是不能吃的可怕怪物。你难道没闻到我们身上的蝴蝶味道吗？"

"哦，我们最厉害的就是闻蝴蝶味道，"八脚怪尖声说，"蝴蝶可是美味大餐呢！"

"嘘，布米尔，"胡尔达轻声说，"我们是小孩啊，蜘蛛要吃的是蝴蝶，不是小孩。"

"没错，八脚怪，你的嗅觉不灵啦！"布米尔说，"我们是小孩，蜘蛛不吃小孩。"

蜘蛛突然狂笑起来:"哈哈哈哈!"

布米尔不想理它,只想继续前进,他不假思索地说:"走开,你这只丑八怪蜘蛛,你不能吃小孩,别想吓唬我们。"

蜘蛛愉悦地摆了摆自己的腿说:"很久以前,我们只能在夜间织网,织出的网不大,所以只能吃苍蝇和虫子。可是现在,因为一直是夜晚,所以我们就能织出更大的网,吃鸟和松鼠,有时也吃猴子。我们从来没有这么胖过,生活真是再美好不过了,呵呵呵!"

申老师带你读

因为没有太阳,蜘蛛的生活也发生了很大的改变,自然生态法则被打破,黑暗森林原有的秩序也被打乱。

"可是，这么小的蜘蛛没办法吃小孩啊！"布米尔说。

八脚怪哈哈大笑说："如果是一百万只蜘蛛，要吃掉小孩就不成问题了。"

黑暗中有越来越多笑声加入，听起来就像一百万个声音合在一起。他们仰起头看着树梢，成千上万只毛茸茸的蜘蛛正连着蜘蛛丝垂向他们。

> 织啊织，织啊织，
> 心怀邪恶的念头。
> 闻啊闻，闻啊闻，
> 闻到蝴蝶的味道。

"快跑！"布米尔大叫。他们马上拔腿狂奔。

> 织啊织，织啊织，
> 设陷阱，哄带骗，
> 一口一口吸干血，
> 吸干孩子的鲜血。

"千万别碰到蜘蛛网！"胡尔达大喊，"要不然你就永远出不去了！"

"这个方向没有蜘蛛网！"布米尔大声说。他们片刻不停地狂奔。

他们跑啊跑，跑啊跑，边跑边忙着左顾右盼，却没发现正前方有张网。那肯定是森林里最大的一张蜘蛛网了，他们就这样直接撞了上去。

> 情节一波三折，作者把节奏控制得特别好。这张森林里最大的蜘蛛网，又将让故事如何发展呢？

蝴蝶怪物

"布米尔！你知道刚刚发生了什么吗？"

"我们被困在蜘蛛网里了吗？"布米尔小心翼翼地睁开眼睛问。

他看了看四周，发现附近的树上吊着一些残网，然后听见集结百万个声音的蜘蛛大队在他们身后大喊："我们迟早会逮到你们的！"

"好好玩乐天先生又救了我们一命！"布米尔大叫。

"为什么？"

"因为我们身上喷满了用瀑布的怒吼、飞溅的水雾和彩虹做成的神奇铁氟龙喷雾，所以我们的身体非常滑溜，任何东西都没办法附着在我们身上，就算是全世界最大、最黏的蜘蛛网也一样。"

"好好玩乐天先生万岁！他真是面面俱到、考虑周全啊！"

"我们赶快回家，好好谢谢他！"

"能回家就太好了，我们又可以大玩特玩，太阳不会下山，爱怎么飞，就怎么飞。"

布米尔和胡尔达继续穿越黑暗森林，走过阴暗的草原，满心欢喜地去寻找他们的小岛。他们横越结冰的湖泊，渡过深谷，又进入森林。他们有时候吃核果，或挖马铃薯来吃，但绝大多数的时间，他们只能饿着肚子不停地走，没有一点儿东西吃。偶尔，他们也会行经狮子或老虎身边，然而，森林里的动物对这两个闻起来不像人类的小孩，完全没有胃口。

动物只是闻一闻他们。

"你们不是人类，你们闻起来像蝴蝶。"原本打算一口吞掉布米尔的老虎说。

"你们不是人类，你们摸起来像钢铁一样光滑。"原本想把胡尔达勒扁的巨蟒说。

布米尔和胡尔达已经不再惧怕野生动物了，事实上，相反，野生动物都很怕他们。他们是不能吃的可怕小孩这件事，早已传遍整座森林，野生动物都叫他们"蝴蝶怪物"。布米尔和胡尔达悠游自在地走过一大群野狼旁边，只要看见这些动物眼中露出一丝恐惧的目光，他们就会觉得很高兴。他们大大咧咧地睡在熊的洞穴中，也大胆地爬到狮子的背上，只为了吓唬吓唬它们。

申老师带你读

野生动物居然还会怕小孩，作者的巧妙构思，让这个情节既出乎意料，又在情理之中，增添了故事的戏剧性和悬疑意味。

这两个孩子来到一片空地,那里有一只凶猛的大花豹正要吃绵羊。胡尔达蹑手蹑脚地走到花豹后面,它完全没有闻到小孩的气味,只专注于眼前的绵羊。胡尔达努力憋住笑,走到它身后,出其不意地拉住花豹的尾巴,疯狂地大叫:"砰!砰!我是蝴蝶怪物!我要把你吃掉!"

花豹发出哀求的嚎叫,一溜烟逃开,布米尔和胡尔达捧腹大笑。他们把那只绵羊吃得一点儿不剩,心满意足地摸摸自己鼓胀的肚子。

补足体力后,他们继续上路。天空乌云密布,所以他们没办法借着月光或星光前进。有时候他们以为自己看见一颗闪耀的星星,但其实只是一只闪烁光芒、虚张声势的萤火虫。偶尔,猫头鹰和蝙蝠的叫声会划破夜幕,但除此以外,夜晚一片死寂。鸟儿早就飞去寻找太阳了,将嗷嗷待哺的雏鸟遗弃在巢里。

这两个孩子已经走了好长一段时间,他们没办法得知自己到底走了多久,因为太阳已经不再绕着星球旋转,他们无法靠日出日落来计算时间。

大雨倾盆而下。天空中成千上万朵毛茸茸的绵羊云一起朝这两个孩子身上尿尿。他们发现了一个大山洞,赶紧钻进去躲雨,用干枯的叶子生起一个黄色的小火堆取暖。

"我们永远找不到回家的路了,"布米尔难过地说,"我又饿了。"

"雨这么大,我们不可能找到食物。"

他们沉默不语地坐着,目不转睛地看着火光。胡尔达突然灵光一闪,笑眯眯地走到洞口,对着一片漆黑的外面大喊:"狮子,我们要肉,现在就要!"

"我为什么要给你们肉?"黑暗中传来狮子的咆哮。

"你想让我们吃掉你吗?"胡尔达露出牙齿,也大声咆哮,"蝴蝶怪物一旦生起气来,什么恐怖的事都干得出来!"

没过多久,狮子就出现了,嘴里叼着一只小麋鹿。

"你看,一点儿都不难!"胡尔达面露微笑地说。

"如果再有一些蔬菜就更好了。"布米尔说。

"鼹鼠!拿一些马铃薯来!"胡尔达大喊。

"要是我不想呢?"森林的地底下传来埋怨的牢骚。

"那我们就把你吃掉!"胡尔达边说边跺脚。

一眨眼,洞穴的地上就出现了一堆马铃薯。

"我还是很饿。"吃完麋鹿和马铃薯后,布米尔说。

"再叫它们送食物来啊,这座森林有快递服务。"

"水貂!我们要吃鱼!"布米尔叫唤。

"我自己都吃不饱!"黑暗中传来水貂的回应。

"我从来没尝过水貂肉!"布米尔试着学胡尔达大声咆哮。

过了一会儿,一条活蹦乱跳的肥美鳟鱼便出现在洞口。

"我好渴,"吃饱后,布米尔叹了口气说,"我想喝奶。"

"母狼,我们要喝奶!"

> **申老师带你读**
>
> 世界颠倒了,小孩居然可以命令凶猛的动物。他们借助"蝴蝶怪物"的身份,摆出横行霸道的架势。故事又将有怎样的进展呢?

母狼来到洞穴，躺在两个孩子面前。他们挨近母狼温暖的毛皮，从它的乳头吸吮狼乳。那天晚上，他们做了有关狼的梦：黄色的月亮、漆黑的夜晚、鲜红的血。

事情发展到现在，布米尔和胡尔达，似乎变成了真正的"蝴蝶怪物"，让大家避之不及。他们的行为越来越偏离轨道了。

最狂野的野兽

布米尔和胡尔达醒来后,母狼已经离开,火也熄灭了。黑暗变得非常浓重,仿佛可以用触觉感受到,一种可以触摸到的黑暗。

> **申老师带你读**
>
> 作者对黑暗的描写很巧妙,"可以触摸到的黑暗",突破了常规的感官界限。这里运用"通感"的手法,将视觉与触觉相结合,创造出一种独特的艺术效果。你可以闭上眼细细体会,凭触觉感知黑暗。

"熊!拿木柴来!"两个孩子大叫。

一群熊缓缓来到洞口,抱着满满的树枝和木头。他们马上生起一大堆火,熊熊的火光就像炽热的小太阳,从洞口直射出去。

"如果火够大,说不定我们也可以靠火光来飞翔。"胡尔达盯着火堆说。

布米尔眼睛一亮,大喊:"熊!送更多木柴来!"

熊把一整棵树拖进来放在火堆上,火焰顿时变得十分猛烈,越烧越旺。

> **申老师带你读**
>
> 同样是在洞穴顶部飞,孩子的欣喜若狂和蝙蝠的心惊胆战对比鲜明。孩子狂野、迷乱的欲望更加凸显,此时他们就是"最狂野的野兽"。

直到——终于……

"我飞起来了!"胡尔达兴奋地叫着,"哈!哈!哈!"

两个孩子像飞蛾般欣喜若狂地绕着大火堆飞啊飞,他们一直绕、一直绕……火苗直蹿向洞穴顶部,外面的雨像下刀子一样,雷电交加,心惊胆战的蝙蝠也纷纷加入了他们。

"我们是小狼!我们是黑胡蜂!大家都怕我们!我们是最狂野的野兽!"

黑影随火光晃动。

"蜘蛛和蚕!我们需要衣服!"

"凭什么要我们为你们织衣服?"

"要不然我们就扯烂你们织的网!我们可是蝴蝶怪物,是最强壮、最凶猛的野兽,你们必须乖乖服从我们!"

蚕吐出它们最好的丝,蜘蛛将它们织成最珍贵的七彩亮丽的衣服。两个孩子戴上麋鹿的角,绕着火焰,一边飞,一边尖叫。

"我们不必急着回家了,待在这里也不错!"

"土狼,我们饿了!"

土狼冷冷一笑,跑进森林里,不久便叼了一只猎物放在洞口。两个孩子看见它抓来的东西,吓得目瞪口呆。

"竟然是一个小孩!"

那个孩子一动不动地躺在地上,一脸惨白,他的身材和布米尔差不多。

"他死了吗?"胡尔达喃喃地问。

"嘻嘻嘻,"土狼尖声说,"我以为你们喜欢吃新鲜的肉,会亲手杀了他呢!你们不是最狂野的野兽吗?嘻嘻嘻!"

说完,土狼就大笑着跑开了。

布米尔赶紧跑向那个小孩,想唤醒他。

"他受伤了吗?"

"我没看见他流血。"

"一个小孩在这个黑漆漆又危险的森林里做什么?"胡尔达情绪激动地问。

布米尔直视着她说:"这座森林不是一直都这么黑暗的,在我们把太阳固定在小岛的上空前,它应该像我们那儿的森林一样,在太阳和月亮的交替照耀下,会呈现出明亮和深暗的绿色。"

布米尔让那个男孩喝了一点儿狼奶,他马上清醒了过来,脸色还是非常惨白。

"你们是谁?"他睁大眼睛问。

"我是布米尔,她叫胡尔达。"

"你们也被土狼吃掉了吗?"

"没有,我们把你从土狼的口中救了回来。"布米尔说。

那个男孩站起来,拍拍身上的尘土,擦掉动物的口水。

"我叫达洛,谢谢你们救了我一命,可是我得赶快回到朋友们身边,他们一定以为我已经死了。"

申老师带你读

其实在布米尔唤醒小孩的同时,这个小孩也唤醒了布米尔与生俱来的人性。刚才还是"最狂野的野兽",现在又变回善良温暖的布米尔。

"森林里还有其他的小孩吗？"

"至少有一百个，他们试着救我，可是土狼实在太凶猛了。"

"那你要怎么回去呢？这么暗，根本找不到路。"

"我知道怎么回去。"达洛说。

达洛走到洞穴外面，抓了几只发光的萤火虫，它们就像一群在黑暗中发光游动的鱼。

"他好像是从天上摘星星一样。"胡尔达轻声说。

达洛把萤火虫拿到附近的一棵橡树旁，沾上一点儿黏黏的树液，然后粘在自己额头上。它们投射出淡蓝色的光芒，照进森林。布米尔和胡尔达紧跟在他身后。

"往这里走，我的朋友都在那边。"达洛说，"就在远处可以看见光亮的地方。"

他额头上的萤火虫嗡嗡作响，发出微弱的光芒。他的眼睛在光线下看起来有几分诡异。他的牙齿泛蓝，皮肤透着青绿。他们翻过一座低矮的小山丘，看见一个发亮的玻璃罐，里面挤满了上千只萤火虫，看起来就像满月的月光那么亮。有一群人围坐在罐子四周，口里吟唱着奇怪又神秘的歌曲。

"你确定达洛还活着吗？"胡尔达低声

申老师带你读

这一丝微弱的光，让整个森林有了生命的迹象，这仿佛是希望之光。

没有太阳的照耀，萤火虫的微光，显得格外明亮。即使身处黑暗，也总能找到光明。萤火虫之光给这群人带去了心灵的慰藉，让他们心中依然有希望。

问,"他看起来好像鬼哟!"

达洛突然停下脚步,慢慢回过头。萤火虫的光太强了,他们不得不眯起眼睛。

"来吧,布米尔和胡尔达,来见见我的朋友。"

"如果达洛死了,那么,他的朋友不是僵尸就是幽灵了。"胡尔达喃喃地说。

她脊背发凉,恐惧油然而生。

幽灵小孩

"来吧！"达洛拉着他们向前走。

那些看起来像幽灵的孩子，歌声非常优美，他们歌颂着太阳和蝴蝶，歌中唱到了日出、日落、小鸟、花朵和水果，以及有时蓝、有时白、有时红，到了夜晚又布满闪亮星星的天空。他们在歌唱中也为已经葬身土狼腹中的达洛哀悼。

申老师带你读

优美的歌声，歌唱不复存在的美好景象，一种淡淡的忧伤、一种哀思自然流露。

"别唱了，我在这里！"达洛大喊。

歌声戛然而止，那群围着萤火虫光芒的孩子纷纷转过头来。

"是达洛，"他们兴奋地叫着，"达洛还活着，达洛还活着！"孩子们把达洛团团围住，争相拥抱他。这些孩子有一百多人。

> **申老师带你读**
>
> 家是我们每个人的心灵归属，达洛回家，再一次唤起了布米尔和胡尔达对家的思念。布米尔眼中充满的泪水，既有重逢的喜悦，也有离家的悲伤。

"哦，达洛，我们最亲爱最要好的朋友，你害我们哭得好伤心。"一个黑眼珠的小女孩说。

布米尔看着胡尔达，眼中充满了泪水。

"我们回家时，大家一定也会像他们这样欢天喜地地迎接我们。"

达洛被亲吻了太多次，不得不擦擦自己的脸。

"这是布米尔，这是胡尔达，"他说，"是他们救了我的命。"

"难道你们不怕土狼吗？它们可是森林里最凶残的动物啊！"

布米尔正打算向他们解释发生的事情："不怕啊，你看，因为我们身上涂了神奇铁……"

> 面对孩子的疑惑，胡尔达和布米尔有截然不同的反应，胡尔达甚至打断布米尔的话，这是为什么？由此可以看出布米尔和胡尔达的人物特点有哪些不同吗？

胡尔达打断了他的话，接着说："没错，其实我们也怕得要命。"

"你们是从哪里来的？"孩子们问。

"我们来自星球另一边的一座小岛，还有，我的名字叫布米尔。"

"万岁，我们来为勇敢的布米尔欢

呼！"

"我是胡尔达。"

"万岁，我们也为女英雄胡尔达欢呼！"

"你们来找太阳吗？"一个瘦巴巴的男孩问。

"你们见过太阳吗？"布米尔一脸惊讶地问。

"很久很久以前，有天傍晚，太阳像往常那样下山后，就再也没有人知道它去哪里了。"

"森林里的树木渐渐枯死，小鸟也都飞走了，我们只能坐在寒风中歌颂太阳，分享我们仅剩的一点儿食物，但我们很快就要饿死了。"

布米尔怔怔地看着胡尔达。当好好玩乐天先生将太阳钉在他们小岛的上空时，他们忘记了星球另一边还有小孩。

"刚开始我们觉得世界变得很美丽，因为我们成天都能看见月亮和星星，接着，云层开始聚集。从那时开始，天空变得越来越暗，我们坐在火堆旁，想着那些追逐太阳飞行的蝴蝶，可惜再也见不到了。"

胡尔达和布米尔沮丧地低头不语。当狼云在他们的小岛上空追赶绵羊云时，他们没想到，绵羊云全都跑到这里来了。

"你们住的另一边星球，是不是也一样变得又冷又暗？"一位金发小女孩问。

布米尔一脸惨白。他可以感觉到自己的双脚颤抖个不停，心也怦怦跳得好厉害。他

> **申老师带你读**
>
> 要想让良心不遭受谴责，最好的办法是坦诚，勇敢地说出真相。布米尔却没勇气说出真相。作者抓住人物的心理状态，从语言、表情和动作等方面，写出了布米尔内心的矛盾和煎熬。

沉默了好久才开口说："对，我们也很久没看到太阳了，我们那边也没有太阳，我和胡尔达就是出来寻找太阳的。"布米尔一说完，心里就感到深深的懊悔和痛楚。

"对啊，布米尔说得一点儿都没错，我们的小岛比这里冷多了，而且比这里更黑更暗，太可怕了！"胡尔达说完，也同样感到深深的懊悔和痛楚。

"难怪蝴蝶都不飞了。"布米尔说完，心里更痛了。

"听你们这么说，真令人遗憾，"有个小女孩说，"可是，你们的脸为什么这么黑？"

"这……这……这是因为，我们为了活下来，吃了太多泥巴，我们岛上所有的食物都被吃光了。"布米尔咬咬下嘴唇，结结巴巴地说。

"太阳不再照耀后，每样东西都变得好丑陋、好恐怖哟！"

那些面容惨白的孩子难过地听着布米尔和胡尔达的遭遇。

"你们的日子真的好苦，"有个男孩说，"因为除了黑暗和寒冷，我们这里至少还有很多美好的事物。"

> 生活在这里的孩子，内心纯洁、善良。他们的纯洁与善良像是刺痛布米尔和胡尔达的一根针。

"有时候，湖面上结的冰平滑得像面镜子，但有时候，又像破掉的镜子，碎裂得一塌糊涂。美的时候很美，可怕的时候很可怕。"

"我们还知道一些和蝴蝶有关的优美诗篇。"

"我们还会说和太阳有关的故事。"

说到这里，孩子们的脸都垮了下来。

"虽然如此，那些和太阳有关的故事还是没办法让森林重获生机。如果森林死了，我们也活不成了。"

"蝴蝶也不会飞来这里，就算有那些美丽的诗篇也没用。"

"不过，当我们觉得心情沮丧的时候，至少还可以拥抱彼此。"

他们沉默了好长一段时间，直到达洛开始和身旁的孩子咬耳朵，接着又转身向另一个孩子说悄悄话。最后，所有面容惨白的孩子一个个消失在森林深处。布米尔和胡尔达静静地坐在原地，听着自己的心跳声。

"我们为什么要把自己的家形容得比这里更暗更惨呢？"布米尔懊恼地说。

"如果他们知道，是我们让好好玩乐天先生把太阳钉在小岛的上空，还让狼云把天空中的绵羊云全都赶到这边，他们一定会大发雷霆！"

"还有，要是他们知道，我们拿蝴蝶鳞粉做什么，也一定会气炸的。"

他们坐在那里，仔细听着萤火虫在罐子里发

> 要说出这样的真相，需要莫大的勇气。假如真相会令人不悦，该不该坦诚相告呢？

> **申老师带你读**
>
> 善良的达洛又一次让胡尔达和布米尔内心受到深深的触动。达洛即使身处逆境，仍然愿意给予他人支持和帮助，愿意多做一些美好的事。用善良唤醒善良，是一种高明的主题表达。

出的嗡嗡声，然后听见黑暗中传来窸窸窣窣的动静。那些面容惨白的小孩回来了，由达洛带头，身后拖了一个大袋子。

他们从四面八方涌现。

"你觉得他们听见我们刚刚说的话了吗？"布米尔轻声问。

当他们正想逃跑时，达洛开口说："自从太阳消失后，我们就开始一起缝这个热气球，希望有一天能出发去寻找太阳。可是现在，我们已经知道星球的另一边也跟这里一样黑暗，也许你们可以利用这个热气球回家。"

达洛走向胡尔达和布米尔，亲了亲他们的脸颊。"谢谢你们救了我一命。"

胡尔达向后退缩了一下，哀伤地看着布米尔。

"我们不能收你们的热气球，我们会自己想办法。"布米尔说。

但无论如何，那些面容惨白的小孩仍坚持要帮助布米尔和胡尔达。他们让热气球充满温暖的空气，热气球缓缓从地面升起。

"这里有两片面包和五条小鱼干，给你们带在路上吃。"达洛把一个篮子递给布米尔。

"快上去吧！热气球要升空了！"

"你们这辈子一定都没有飞得那么高过！"

布米尔和胡尔达依然沉默不语，可是再怎么拒绝也没用，他们已经被抬进热气球的篮子里了。热气球从黑暗森林里慢慢升空，那些面容惨白的小孩不断向他们挥手道别。

"祝你们一路顺风，平安回家！还有，千万别怕高啊！"

随着热气球越升越高，那些面容惨白的小孩也变得越来越小，唯一可见的只有从森林里透出来的微弱模糊的萤火虫光。最后，就连那一点儿微微的光亮都被黑暗吞噬了。布米尔和胡尔达静静地坐在热气球的篮子里。"谢谢你们救了我一命。"达洛这么说。如果他知道派土狼去把他抓来当食物的是谁，不知会做何感想。"千万别怕高啊！"面容惨白的小孩这么说。要是那些小孩知道，他们曾在阳光照耀下飞得多高多远，不知还会不会这么说。热气球飘过黑漆漆的天空，四下一片寂静，只听见风从悬吊篮子的绳索之间呼啸而过的声音。

"我心里好难受。"胡尔达喃喃自语。

"我觉得自己的灵魂破了一个洞。"布米尔说。

"我们不应该欺骗那些小孩。"

热气球继续飘行，他们睡着了。突然，布米尔被一个神秘的声音惊醒。

"快听！"布米尔小声说。

他们听着暗夜中传来的声音，心中充满希望。

"是鸟吗？"布米尔轻声说。

"那是夜晚乌鸦的叫声，"胡尔达难过地说，

> 衣服破了洞可以缝补，灵魂破了洞可以弥补吗？这个表达很有意味。通过这番对话，可以看出布米尔和胡尔达的内心在悄然发生改变。

"离太阳还很远呢!"

两个孩子不知道热气球可以飞多久,也不知道自己被带往什么方向,他们一直用数心跳的方式来计时,却只会数到一百下。等他们数到第一百次一百下的时候,就再也数不下去了。不过他们相信,这个热气球迟早会带他们回到自己居住的美丽小岛。有时候,热气球穿越云层,他们仿佛被冰冷的雾气团团包围。有一次,热气球飞到一片很厚的云层上方,他们便在月亮和星星下面飘行了一小段时间。在月亮的银色光芒中,他们可以清楚地看见对方的脸。布米尔伸手拨了拨胡尔达的头发。

"你的头发变成灰色的了,"布米尔凑近看着她说,"看起来好老啊。"

"是不是因为月光的关系呢？你的头发看起来也变成灰色的了。"

"你的头发很明显就是灰色的啊！"布米尔说。

胡尔达仔细地看着布米尔的头发，她发现布米尔说得没错，他们的头发都变成灰色的了。

"我们都受到了黑暗森林不好的影响，"胡尔达说，"希望回去以后，在阳光的照射下，我们的头发可以变回原来的颜色。"

"要是我们回得去的话。"布米尔丧气地说。

他们的下方是一大片层层叠叠的积云，看起来像不断喷发的火山熔岩，也像充满裂痕的冰河。当热气球又降到云层下方时，四周的景色再度变成一片漆黑。偶尔，他们会听见鸟叫声。

"那是红翼鸫鸟吗？"布米尔满怀希望地问。

"不对，是夜莺，想看见太阳，还早得很呢！"

他们听见各种不同的夜行鸟类的鸣唱，也听见蝙蝠的尖叫声，却没有听见任何一种只在阳光下鸣唱的鸟儿的歌声。

"也许，我们永远找不到太阳了。"布米尔说。

"也许我们会饿死在这里，变成一堆在热气球里飞行的发灰的骸骨。"

"发现我们的人一定会被吓死，每天噩梦连连，不得安眠。"布米尔忧心忡忡地说。

> 在蓝色星球，只有大人的头发才会变成灰色。头发颜色的变化意味着什么呢？是什么让他们的头发变成了灰色？

绝境最考验人性。想着把太阳还给这些孩子，这是他俩心灵深处的反省，表明他们内心的善良已被唤醒。只是，一切都还能回到从前吗？

"如果我们可以活着回去，一定要帮助那些在黑暗世界的小孩，赶快把太阳还给他们，免得一切都太迟了。"

"还要让蝴蝶像过去那样绕星球飞行。"布米尔说。

热气球的篮子就像一个摇篮，冷风呼呼地吹，他们沉沉入睡了。

哈哈哈哈哈哈哈!

布米尔和胡尔达被鸟叫的声音吵醒。

"布——谷!布——谷!"

"又来一只夜莺?"布米尔不耐烦地咕哝抱怨。

胡尔达从篮子边缘往外看。

"不!你仔细听,是布谷鸟!地平线那边有亮光了!"

"是太阳!"布米尔忍不住大叫起来,"我们的小岛就在太阳的正下方。"

那座岛像绿色的鲸,缓缓浮出海面。中央被牢牢钉住的太阳,绽放着金色的光芒。空中的云越来越少,渐渐地,他们头顶上方变得晴朗无云了。岛上传来声声鸟鸣,悦耳动听,而那朵黑色的狼云,则像一艘海盗船似的,在远处飘移。

> **申老师带你读**
>
> 回家的感觉真好,尤其是几经波折之后。细致的场景描写,恰到好处地烘托了两人回家的喜悦心情,就连像"海盗船"的狼云也变得不那么讨厌了。你们在写作的时候,也可以多运用场景描写。

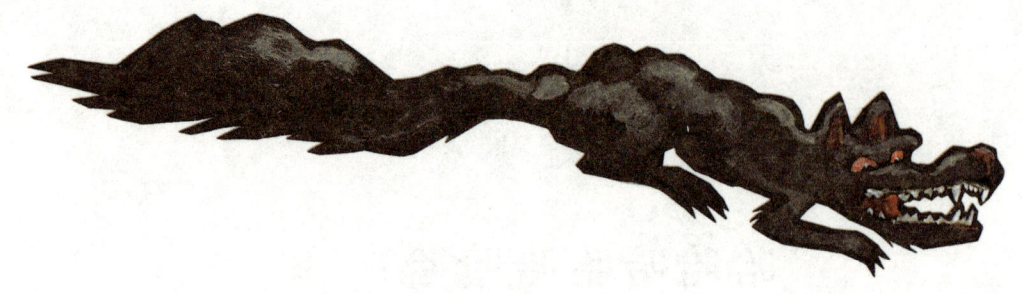

"我们终于回到家了!"

"就连看到那朵丑陋的狼云,都觉得很开心!"布米尔笑着说。

然而,几乎就在这句话说出口的同时,突然雷电交加,轰隆隆的声响不绝于耳,那朵狼云开始疾速前进。

"狼云又要开始赶云了。"布米尔说。他兴奋地环顾四周,却连一片云都没看到。

"那朵狼云到底要吞掉哪朵云啊?"

布米尔小心翼翼看着承载他们的这个热气球,用力碰了一下胡尔达。"这个热气球有没有让你想到什么?"

"这不过是个普通的热气球罢了。"

"难道你没发现,它是用羊毛做成的吗?看起来就像绵羊一样柔软蓬松!"

闪电划破天际,伴随着轰隆的雷声,黑色的狼云张开血盆大口,渐渐靠近热气球。

"快跳下去!"布米尔大叫。

就在狼云一口吞噬热气球之前,他们赶

> **申老师带你读**
>
> 作者对闪电、雷声、狼云进行了简洁有力的描写,把命悬一线的感觉烘托出来,同时这闪电、雷声、狼云也向读者扑面而来,让人不由得心里一紧。

紧从篮子里跳了出去。两个孩子在狼云的阴影笼罩下，像自由落体般直直坠下。狼云很快又去寻找其他的云了。一离开狼云的阴影，阳光照射在他们手上，他们的蝴蝶鳞粉发挥作用了，两个孩子又能飞了。

"还好有蝴蝶鳞粉，我们得救了！"

"这都是好好玩乐天先生的功劳！"

布米尔和胡尔达在陆地上空盘旋，这里看起来比之前更美了。沙地上一片黄澄澄的金凤花随风摇曳，形成黄色的波浪。树木几乎长成两倍高，鸟儿在枝丫间尽情欢唱。孩子们大嚼特嚼那些从树上采摘下的五颜六色的果子。许多小黑点在空中飞蹿。

哈哈！ 哈哈！ 哈哈哈！ 哈！ 哈哈！
哈！ 哈！ 哈哈！ 哈！ 哈哈哈！ 哈！ 哈！

"布米尔，你听见那些笑声了吗？每个人看见我们平安无事地回来，都好开心啊！"

"我们回来啦！"

但是，他们的朋友却来来回回、上上下下地飞来飞去，没有人来欢迎布米尔和胡尔达。

"难道他们不是因为我们平安回来才笑得那么开心吗？"胡尔达难以置信地东张西望。

似乎没有任何人注意到他们，他们也一点

> 两人历经千难万险终于回家，但大家无动于衷的冷清场景和达洛平安归家的团聚景象形成了鲜明的对比，让故事更有感染力。

儿都不需要擦掉脸上湿答答的吻痕。布米尔试着一把抓住艾娃，却像在高速公路上抓住一部车子那么困难。

"我好忙啊，这里实在太好玩了，哈哈哈哈哈，我要走了，再见喽，哈哈哈哈哈！"

"你们没有找我们吗？我们迷失在黑暗森林里了！"

"迷失？谁不见了？"

"我们不见了！"布米尔大声叫嚷，"难道你们一点儿都不担心我们吗？我们差点死掉啊！"

> **申老师带你读**
>
> 迷失那么久，没有被寻找，没有被牵挂，心里的失落感陡然而生。人与人之间的温情已经慢慢地消失了，真让人心塞。

"担心？哈哈哈哈哈，我们什么也不必担心啊！好好玩乐天先生说了好多笑话，每次只要我们有什么心事或忧虑，它们马上就会变成好玩的笑话，然后我们就开始大笑，哈哈哈哈，除了笑话以外，我们统统忘光了，什么也不记得了。"

黑沙滩传来震耳欲聋的大笑声，好好玩乐天先生穿着红色短裤站在那里，手里拿着超大的扩音器高喊：

"身体绿绿的，住在泥土里，最爱吃石头，猜猜看是什么？"

"是什么？"孩子们问。

"绿色吃石怪！"

孩子们不停地哈哈大笑，他们的笑声在山谷间回荡，不绝于耳。

哈 哈 哈哈! 哈哈! 哈 哈哈 哈 哈哈 哈哈 哈哈! 哈哈哈哈哈哈哈
哈哈哈! 哈 哈哈哈哈哈哈哈哈哈哈哈
哈哈哈! 哈! 哈哈! 哈哈! 哈哈哈哈哈哈哈哈哈哈
哈哈! 哈哈哈哈哈哈哈哈哈哈哈哈哈哈哈哈
哈! 哈哈哈哈哈哈哈哈哈哈哈哈哈! 哈哈
哈哈哈哈哈哈哈哈哈哈哈哈哈! 哈
哈哈哈哈哈哈哈哈哈哈哈哈哈! 哈哈哈!
哈哈哈! 哈! 哈哈哈哈哈! 哈哈! 哈哈哈哈! 哈哈! 哈
哈哈! 哈! 哈! 哈哈! 哈哈! 哈哈哈! 哈哈!
哈哈! 哈哈! 哈哈哈! 哈哈!
哈哈哈哈哈哈! 哈哈哈! 哈哈哈!

　　布米尔和胡尔达有点困惑。

　　"每个人都忙着飞来飞去和听笑话，根本没人发现我们不见了。"布米尔难过地说。

　　"可是他们玩得很开心，"胡尔达说，"笑话也的确很好笑。"

　　"难道我们不该告诉他们，那些生活在黑暗中面容惨白的小孩的事吗？"

　　"要是把钉住太阳的钉子拔掉，蝴蝶鳞粉失效后，我们就再也不能飞了。"

　　"我们要不要好好利用这最后

> 布米尔还记得自己之前说过的话。就如胡尔达所言，要拔掉钉住太阳的钉子，就意味着放弃现在所有的快乐，他们会如何选择呢？每一次选择都是一段成长历程，是欲望和良知的对抗。

一次飞行的机会?"布米尔问。

"我觉得,在经过那段黑暗历险后,我们得先休息一下,恢复精神和体力,也让我们灰色的头发复原。"

胡尔达一飞冲天,布米尔也打算跟上,可是就在这时,他再次感到心中有种深深的懊悔和痛楚,就像他们在黑暗森林里遇见那群小孩,并且告诉他们不知道太阳在哪里时,心里所感受到的痛楚一样。

"胡尔达,回到地面上吧,我觉得很不舒服。"

"怎么啦?"

"好像有一只虫子在啃噬我的灵魂,我忘不了那群生活在黑暗世界中面容惨白的小孩。"布米尔说。

"我也是。"

"我们要怎么帮助他们?"

"我们去找好好玩乐天先生吧,他总是有办法解决难题。"

"我们也该去谢谢他救了我们一命。"

> **申老师带你读**
>
> 被虫子啃噬灵魂是一种怎样的感觉?这个说法很形象,也很独特。懊悔和痛楚让布米尔和胡尔达的心灵饱受煎熬。

喜剧泰斗好好玩乐天先生

布米尔和胡尔达低空飞到黑沙滩去找好好玩乐天先生,他正坐在沙滩上盖沙堡,身边放着扩音器。他微笑地看着他们一路飞过来。

"嘿,你们好,布莱恩,还有小女孩!你们心情不好吗?需不需要我说个笑话给你们听?我的天啊,你们真是长得一副冰雪聪明的模样。"

"冰雪聪明,什么意思?"布米尔急着问,忘了更正自己的名字。

"因为你的头发是银灰色的,她的头发更灰,所以更聪明。"

"你觉得小孩有灰色的头发是一件很酷的事?"

"这本来就是很酷的事,现在流行灰色啊。你们上哪儿去了?"好好玩乐天先生一脸震惊地问。

"我们去了星球的另一边,那里一片黑暗……"

布米尔还没说完,好好玩乐天先生马上拿起扩音器说:

"笑话时间到喽!"

他吼叫的声音实在太大了,震得两个孩子的耳朵嗡嗡作响。

"棕色的身体,嗡嗡叫,猜猜看是什么?"

"是什么?"在四面八方飞行的孩子们异口同声地回应。

"棕色的嗡嗡叫!哈哈哈哈哈哈!"

好好玩乐天先生整个人倒在沙滩上捧腹大笑。

"我们有话想对大家说。"胡尔达轻轻踢了踢好好玩乐天先生。

好好玩乐天先生非常错愕地坐起来。

"你干吗跟大家说话?难道你们不想玩得更开心,听更多笑话吗?"

"我们有很重要的事要告诉其他的小孩。"

好好玩乐天先生把扩音器递给胡尔达,她对着天空大喊:"嘿,大家快过来,我们有话要说。"

"我们不想过去,不飞太无聊了,快说个笑话给我们听吧!"胡尔达继续对他们大喊,可是那些孩子根本连听都不想听。

"我知道该怎么对付这些苍蝇小孩。"好好玩乐天先生又拿起扩音器。

"要是你们不马上过来,**我就叫凶猛的狼云来吃你们!**"

孩子们纷纷从天上飞了下来,在好好玩乐天先生面前集合。

"你们早该这么做了。"好好玩乐天先生说。

布米尔和胡尔达终于又可以清楚地看见朋友们的脸了,而且,好好玩乐天先生说得没错,灰色的确非常流行,因为每个人的头发都变成灰色的了。曼格尼原本乌黑的头发变成了野狼鬃毛的灰色,艾娃的棕色头发则变得和烟尘一样灰。

"我还以为我们是因为在黑暗世界中冒过险,头发才会变成灰色,为什么他们的头发也变成灰的了?"布米尔凑近胡尔达耳边低声问。

"他们有话要说。"好好玩乐天先生指着胡尔达和布米尔。

> **申老师带你读**
>
> 每个人的头发都变成灰色就是流行吗?看似开心无比的他们,没有忧虑,没有压力,头发却变成了灰色,究竟是因为什么呢?这和他们典当青春有关系吗?

> **申老师带你读**
>
> 好玩和有趣依然是他们追求的全部，他们不再关心好伙伴，内心变得冷漠无比。其实真正变化的不是布米尔和胡尔达，而是这些留在岛上的孩子。

"哦，我们才不想听他们说什么鬼话，除非他们要讲的事更好玩，也更有趣。"

"他们应该不会花太多时间。"好好玩乐天先生说。

布米尔和胡尔达把他们遇到的事完完整整地告诉了大家，包括他们被吹到星球另一边的黑暗世界，那里的森林好黑好黑，伸手不见五指，而他们又如何因为神奇铁氟龙喷雾，侥幸从大棕熊和毛茸茸的蜘蛛手中死里逃生。

"万岁，我们来为好好玩乐天先生欢呼，神奇铁氟龙喷雾救了胡尔达和布米尔一命！"孩子们大叫，"我们可以走了吗？"

"我们的故事还没有说完。"接着，布米尔和胡尔达跟朋友们说到他们住在洞穴里的情形，他们命令动物为他们送来食物，结果土狼叼来了达洛。还有那些面容惨白的可怜小孩，他们一直坐在黑暗森林里等待太阳，快被冻死和饿死了。

"真高兴你们两个能平安回来，"孩子们说，"我们继续飞吧，哈哈哈哈哈！"

布米尔伸出双手阻止他们。

"嘿，你们到底听没听到我说的话啊？"

"听到了啊，谢谢你，真有意思，哈哈哈哈哈！"

"可是，那些在黑暗森林里，饿着肚子又冷得直发抖的小孩该怎么办？难道我们不该帮助他们吗？"

孩子们耸耸肩。

"我们能帮什么忙？" 艾娃一脸无辜地说，**"我们只是小孩。"**

"一定会有人及时帮助他们的，"伍迪毅然决然地说，"可是现在，我就快要错过最好玩的事了。"

"你们都不在乎黑暗世界里的那些小孩吗？"

"他们的头发也是灰色的吗？"艾娃问。

"不是，他们的头发是一般的颜色。"胡尔达说。

孩子们突然哈哈大笑起来。

"多可怕啊！难道他们都不知道现在最流行的是什么吗？"

"你们到底听没听懂我们说的话啊？他们就快要死了！"胡尔达心急如焚地大吼道。

"你知道该怎么办吗？"伍迪问，"我想不到任何办法。"

"我觉得最好的办法就是把钉住太阳的钉子拔掉！"布米尔说。

现场一片沉寂，连一根针甚至一片羽毛掉落的声音都听得见。

"把钉住太阳的钉子拔掉？"孩子们瞠目结舌地说。

"把钉住太阳的钉子拔掉？"

同伴们关注的是在黑暗世界里的那些小孩头发的颜色，并不是他们的生命安全。善良真的在他们心里泯灭了吗？

好好玩乐天先生也瞠目结舌地说。

"而且，也必须阻止狼云再把那些讨厌的云，统统赶到星球的另一边。"胡尔达说。

"我们还要让蝴蝶再次飞行才行。"布米尔补充说。

"你们的脑袋坏掉了吗？"孩子们说。

"你们是不是想让我们无聊死了？"

"如果不这样，星球另一边的小孩就会在黑暗中活活饿死、冻死！"

"好好玩乐天先生，你相信我们说的话，对不对？"布米尔说，"你一定知道要怎么拯救那些黑暗世界里的小孩，你是万事通，什么都知道啊！"

太阳是谁的？

好好玩乐天先生笑容可掬地站在沙滩上,轻轻拍了拍布米尔的头。

"哦,我可怜的孩子,我忘了你年纪还这么小,只会用非常单纯的眼光看事情。你们大家是不是都觉得飞行是一件很棒的事?"

"没错。"其他所有的小孩异口同声地说。

"是不是比其他所有的事情都好玩啊?"

"对,对!"

"那么,是谁教你们飞行的?"

"是你,好好玩乐天先生!"

"是谁想要飞呢?"

"是我们,这是我们最宝贵的梦想。"

"还有,蝴蝶是住在你们的领土上吗?"

"我们的领土?我们可以拥有这块土地吗?"

"当然可以,你们是自己领土的主人,蝴蝶居住在这里,你们要它们做什么,它们就得乖乖听话。要是别人希望看见蝴蝶飞过他们的领土,就必须付出代价,因为那些蝴蝶是你们的。"

"付出代价？用什么付？"

"他们可以给你们黄金。"

"要黄金做什么？"

"把它藏在别人看不见的地方啊！"

> **申老师带你读**
>
> 在乐天先生的世界里，任何东西都是明码标价的。想一想，把黄金藏在别人看不见的地方有什么用呢？

孩子们觉得这件事很奇怪。

"那太阳呢？太阳是谁的？它没有从哪个特定的地方开始，也没有停止照耀任何地方，而是公平地绕着这颗星球一直转、一直转，直到我们用钉子把它固定住。"布米尔说。

"太阳当然是你们的，是我们想到了把太阳钉住的方法，如果其他人也希望在一年当中拥有几天太阳，那么，他们就必须付费。"

孩子们思考了很长一段时间。

"换句话说，星球另一边的小孩免费看了好几百年的蝴蝶，所以他们也欠我们很多黄金喽？"思想家阿尔诺说。

"完全正确，"好好玩乐天先生说，"难道你们不觉得这样才公平吗？"

布米尔和胡尔达脸上的表情看起来有点困惑。

"我们不太明白，"他们说，"这样不太对吧！"

好好玩乐天先生叹了一口很长的气："你们实在太愚蠢了，来，宝贝，听我好好向你们解释。你们想要回到过去那种不能飞行，而且无聊得要死的日子吗？"

"才不要呢！"所有人都抢着说，只有胡尔达和布米尔不安地踱着步。

"你们还记得在我来这里以前，你们的生活有多么无聊吗？"

"记得，真是无聊死了。"

"那你们还记得，当我刚降落在这里的时候，胡尔达和布米尔是怎么说的吗？"

"他们说你是可怕的吃人太空怪兽，有十四个头、十只耳朵，还有尖锐的长獠牙。"

"难道你们没发现，他们一直在利用你们的想象力，好让你们听他们的话？结果我根本不是什么怪兽，而是有趣又好玩的乐天先生。所以，就算太阳被固定在我们这里，星球另一边的小孩也绝不像布米尔说的那样。因为，星球另一边的小孩有月亮和星星啊！"

"可是，狼云把所有的云都赶到了星球的另一边，那些云把月亮和星星都遮住了。"布米尔大声叫着。

> 他们一心挂念生活在黑暗中的那些孩子，所以才不安地踱着步吧。因为经历过黑暗中的生活，他们才知道那样的生活有多可怕、多无助。

"听见了吗？星球另一边的小孩不但有月亮和星星，还有云呢。我们这边却只有太阳。他们现在还想要什么？半天的太阳？真是太贪心了！"

布米尔和胡尔达严词抗议。

"可是，星球另一边的小孩永远生活在黑暗中啊！"

"你是怎么对星球另一边的小孩说的？"

大伙儿沉默了很长一段时间，胡尔达才支支吾吾地开口说："我们跟星球另一边的小孩说，我们这里也一直黑漆漆的。"

"还有，我们的皮肤这么黑，是因为只吃泥巴。"布米尔补充说。

> **申老师带你读**
>
> 胡尔达和布米尔说出了真相，却被乐天先生和其他孩子怀疑。真相为什么反而不被人接受？

"孩子们，听见没有，他们对那些住在黑暗世界的小孩说，我们住在黑暗中，又对我们说，星球另一边陷入一片黑暗。我们到底该相信什么？他们是不是成天说谎呢？先是说看见太空怪兽，接着又说他们看见有小孩住在黑暗世界里。而且，要是没有神奇铁氟龙喷雾和蝴蝶鳞粉，布米尔和胡尔达恐怕早就被动物吃掉了。当然啦，他们因此而感谢我，我只希望这部分不是谎言。"好好玩乐天先生非常非常不高兴。

"看来，现在只有一个办法可以解决，那就是投票表决。"

"投票？"

"这么一来,就会知道多数人的意见。因为多数人的意见总是对的,这样就可以决定你们要不要继续玩乐。很公平,对不对?还是,你们两个要强迫所有人听你们的话?"

"不,多数人的意见才是对的。"布米尔和胡尔达说。

> 多数人的意见总是对的,和我们平常说的少数服从多数有相通之处。可是,真理有时候恰恰掌握在少数人的手中。

投票

孩子们看着垂头丧气的胡尔达和布米尔。好好玩乐天先生开口说：

"亲爱的孩子们，在你们开始投票前，请容我再重述一次事实：虽然太阳总是在我们这边，不过，根据每年的数据计算，请大家特别留意最新数据，平均来说，其中有百分之二的吹嘘和夸大，当我们乘以四十五，再扣除那些恼人的虚张声势，就等于……"

"嘻嘻，我一个字也听不懂。"一个小女孩傻乎乎地说。

"哦，我可怜的小东西，你真是个小傻瓜，"好好玩乐天先生拍拍她的头说，"你们不必听懂我说的内容，只要相信我就行了。仰望湛蓝的天空，听听鸟儿的歌声，再看看黄澄澄的太阳、红色的苹果和绿油油的树木，所有的一切都是那么美好！这座岛

> **申老师带你读**
>
> 这些美好，实际上是乐天先生用孩子的欲望编织出来的一张网，这张网网住了孩子们，让他们在不知不觉中变得自私、冷漠。

不可能比现在更美丽了!"

好好玩乐天先生继续说:

"如果你们想继续玩乐和欢笑,就必须好好利用太阳。我们也许不必把太阳的钉子拔掉,这个世界还是可以像从前那么快乐和幸福,只要稍做一点儿调整就好了。我们会得到多一点儿幸福,星球另一边的小孩只是少一点儿幸福而已。"

"可是,星球另一边的树都快要死了,小孩也是。"布米尔说,"我们不能让这种事发生。曼格尼,你相信我们,对不对?"

"哈哈哈,嗯,或许布米尔说得有道理,"曼格尼谨慎地说,"也许我们应该帮助星球另一边的小孩。"

好好玩乐天先生打了个大哈欠说:"我当然可以拔掉太阳的钉子,把它固定在星球的另一边,这真是全世界最简单的事了。"

"不,不!那样就换我们要一直生活在黑暗和寒冷中了!"孩子们大声吵闹。

"那不关我的事,如果你们不想玩乐,我想星球另一边的小孩应该会想大玩特玩。"

"但是,星球另一边的小孩绝对不会让我们一直生活在黑暗之中。"艾娃说。

大家沉默了好长一段时间。

"好吧,孩子们,你们觉得现在这样好玩吗?"好好玩乐天先生问。

"不好玩,我们想要赶快飞到空中。"

艾娃能够说出这样的话,可见她内心深处的善良已经在慢慢回归。只有善良的人才能洞察到善良。

大多数的小孩回答。

"你们要让布米尔和胡尔达毁了大家玩乐的兴致吗？要是把太阳的钉子拔掉，归还蝴蝶鳞粉，你们就再也不能玩乐了。快投票吧，这样你们才能继续飞啊！"

胡尔达的眼中充满了泪水。

"千万别被他愚弄了。他一点儿都不在乎那些生活在黑暗世界的小孩，他也不想救他们，他这么说只是在狡辩。"

孩子们目不转睛地看着好好玩乐天先生，想确定他是不是真的不想救那些黑暗世界的小孩。

好好玩乐天先生突然露出非常哀伤的表情。

"我是真心想帮助那些黑暗世界的小孩，胡尔达和布米尔正好相反，他们不想帮助那些孩子，他们只要我拔掉太阳的钉子，然后让那些活在黑暗世界的小孩自己救自己。"

"你到底想做什么？"布米尔心灰意冷地说。

"只要我们集合大家的力量，送一些食物、毛毯和鞋子给那些黑暗世界的小孩，就能救他们，还可以继续把太阳钉在这里，这不就皆大欢喜了？"

"哇，好好玩乐天先生实在太聪明了！"孩子们笑着说。

然而，布米尔依然坚持地说："要是他们

> **申老师带你读**
>
> 乐天先生的心思被看穿之后，开始颠倒黑白、混淆是非。给太阳钉上钉子容易，想要拔掉实在是太难了。

把我们送去的食物吃完了，又该怎么办？"

"那我们就再送给他们啊，一直送，一直送……"

"真棒，"孩子们说，"你不但聪明，还非常仁慈呢！"

好好玩乐天先生露出温柔的笑容说：

"好，我们现在来投票吧。亲爱的孩子们，这是你们的选择。如果你们把票投给布米尔和胡尔达，你们的日子就会变回过去那么无趣和无聊；如果你们把票投给我，就可以继续玩乐，每天开开心心，还可以拯救星球另一边的小孩！"

于是，投票开始了。每个小孩都拿到一张小小的选票，他们必须在其中圈选自己支持的那一方：布米尔和胡尔达，或好好玩乐天先生。

孩子们思考了一会儿，纷纷把手中的选票投入票箱。结束之后，他们开始清点票箱，计算选票，然后由好好玩乐天先生宣布投票结果。他透过自己的扩音器大声说：

> 无趣、无聊和玩乐、开心相比较，孩子们会如何选择呢？如果你也有投票的机会，会把票投给谁呢？

"超过一百个孩子希望能保留太阳的钉子和手上的蝴蝶鳞粉，继续在蓝天飞行，还在身上喷满神奇铁氟龙喷雾，并且合力拯救星球另一边的小孩，为他们送食物、毛毯和鞋子。只有两个人愿意归还蝴蝶鳞粉，拔掉太阳的钉子，让日子回到过去那种无聊的状态，而我们都知道那两个人是谁！"

> **申老师带你读**
>
> 投票失败，意味着不可能拔掉钉在太阳上的钉子。此刻的眼泪中包含了复杂的感情，他们该何去何从，如何抉择呢？

"万岁，"孩子们异口同声地欢呼，"可以继续飞行和玩喽！"布米尔怔怔地看着他的朋友曼格尼，他却将视线移开了。布米尔眼中盈满泪水，胡尔达想安慰他，却因为神奇铁氟龙喷雾，没办法拥抱他或握住他的手。结果，胡尔达的泪水也开始在眼眶中打转。

"跟我来。"她哽咽地对布米尔说。

他们沿着溪流来到峡谷，站在只剩下涓涓细流的瀑布旁，那里再也听不到瀑布奔腾的怒吼声，也没有了飞溅的水雾和彩虹。他们剥下身上的神奇铁氟龙涂层扔进瀑布里，手牵手，紧紧拥抱在了一起。就在那时，他们看见瀑布溅起细细的水雾，峡谷里也传来低低的水流声，薄雾中出现了一道小小的彩虹，虽然这一切都只有先前的百分之一而已。

"我已经忘记手牵手的感觉有多美好了。"布米尔微笑地看着胡尔达说。

他们手牵手来到蝴蝶山洞，小心翼翼地从洞口向里面窥探，成群的蝴蝶毫无戒心地在里面睡得非常安稳。这两个孩子拍掉自己手上的蝴蝶鳞粉，轻轻撒在一些蝴蝶的翅膀上。然后，他们爬出洞口，在一棵老橡树下沉沉睡去。

> 坚定地剥下铁氟龙涂层，拍掉蝴蝶鳞粉，那些美好的感觉又回来了，"拥有"和"失去"是一个值得深思的问题。

捐助宴会

布米尔和胡尔达在橡树下沉睡的时候,黑沙滩正在举行一场盛大的捐助宴会,庆祝投票的结果。宴会结束后,他们将会把一个装满食物和毛毯的木桶丢进大海,让它漂流到星球的另一边去拯救那里的小孩。

"你们不必像胡尔达和布米尔一样,变成可怜的输家和爱发牢骚的小孩,他们一点儿都不懂,多数人的意见是最好的,"好好玩乐天先生说,"我们可以让星球另一边的小孩振作起来,而且一定会做得比那两个孩子更好。"

"万岁!让黑暗世界的小孩振作起来!"孩子们异口同声地欢呼。

好好玩乐天先生把一个木桶从宇宙飞船里滚出来,倒掉里面的糖果包装纸,再将它立在沙滩上。

"我们把这个木桶装满后,将它滚进大海里,它就会漂到那些面黄肌瘦的小孩身边了。"

孩子们兴奋地在木桶上方盘旋。

"我一直在飞,所以用不着这双鞋子了。"曼格尼说完便将自己的鞋子扔进木桶里。

"这里太阳这么大,我根本用不到毯子。"艾娃把她的毯子也扔进木桶里。

"我吃不完这颗苹果。"伍迪把他吃剩的苹果也扔进了木桶。

接着,他们开始大吃特吃,吃到肚子再也装不下为止。然而,就在宴会进行到最高潮的时候,地平线上却出现了一些奇怪的东西。

"那是什么?"孩子们望着大海问。

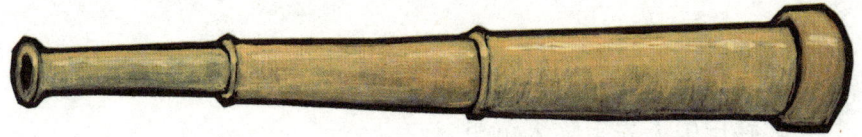

好好玩乐天先生拿起望远镜仔细望着大海。

"是木箱和木筏,一定是从星球另一边的黑暗世界漂来的!"

好好玩乐天先生眉头深锁地看着那群小孩。

"我在世界各地旅行,见多识广,但从来没看过任何一样东西这么令人担忧。这显然是一支企图入侵的军队,公然挑起战争!"

"战争?"

"什么是战争?"

"当有人非常生气的时候,会用火山的气味和山里的铁矿做成炸弹,丢向那些他不喜欢的人,这就是战争。"

"是不是星球另一边的小孩在生我们的气?"

"他们已经发现是谁偷了太阳和蝴蝶,还把黑暗和乌云送给了他们。"

"所以,那些黑暗世界的小孩要来杀我们吗?"

"发生战争是难免的事。"好好玩乐天先生耸耸肩说。

海浪把那些载着入侵者的木箱渐渐带向黑沙滩,孩子们慌慌张张地冲来冲去,不知该如何是好。

"我们必须把那些入侵者赶回去!"

"好好玩乐天先生,快用火山的气味和山里的铁矿做一些炸弹。"

"没错,快点做!"孩子们大叫,"我们要先下手为强!"

好好玩乐天先生陷入沉思。

眼看第一个木箱就要抵达沙滩了。

"这件事代价有点高昂。"好好玩乐天先生淡定地说。

"做炸弹需要付多少费用?"孩子们嚷着,"快点,要不然就来不及了!"

"每丢一颗炸弹,必须以一个人的心作为代价。"好好玩乐天先生说。

"一颗心?"

"只要你们还保有小孩纯真的心,就不可能丢炸弹。只要你们丢出一颗炸弹,那颗心就会变成铁心或石心。"

"那会对我们造成什么影响?"

"你们既不会长高,也不会变矮,可

申老师带你读

以前是付出青春,现在必须以一个人的心作为代价。丢出一颗炸弹,那颗心就会变成铁心或者石心,这个代价确实很高昂。

是,一旦你们的心变成了石心,生活就会变得简单,你们甚至连朋友都不需要了。"

"那铁心呢?"

"如果变成了铁心,那么,你们既不会感到无聊,也不会觉得快乐,因为你们完全没感觉了。有铁心的人绝对不会哭。"

"快点,好好玩乐天先生,救救我们,帮我们做炸弹!"

好好玩乐天先生把火山的气味和山里的铁矿变成炸弹后,交给那群孩子,然后拿着他的扩音器,躲在大岩石后面。孩子们在海边各就各位,瞄准海面上的入侵者。

"你们准备好了吗?"

"预备,瞄准,开火!"

好好玩乐天先生大声咆哮。

可是炸弹没有爆开,因为孩子们各自拿着炸弹,<u>没有人想要第一个丢,谁都不想拥有一颗铁心或石心</u>。好好玩乐天先生拿起扩音器,对孩子们叫嚣:

> 谁都不想拥有一颗铁心或石心,表明他们还保有小孩纯真的心。

> **申老师带你读**
>
> 乐天先生是煽动情绪的高手。他大声叫嚣，制造紧张气氛，让不明情况看起来越来越危急，直击孩子们纠结的内心。

"你们是懦夫吗？如果你们不丢炸弹，就会输得一败涂地！快丢，不然就来不及了！"

入侵者的木箱已经触岸，最后一道海浪将其中一个木箱重重摔在了岸上，箱子破了，里面装的东西散落一地。

孩子们看着眼前的景象瞠目结舌。

"那根本不是什么企图入侵的军队，而是一整叠毛毯！"

"他们一定非常周密地计划了这次的攻击行动，"好好玩乐天先生说，"先送补给品过来，下一个木箱就会把你们炸得粉碎。"

"预备，瞄准，开火！"

但还是没有人丢。海浪带来越来越多的木箱，并且一个个在岸边被摔破，箱子里装的全是鞋子、衣服、毛毯、马铃薯和鱼干。

孩子们默默地站在沙滩上，看着海浪带来最后一个木箱。那个木箱上岸后并没有破掉，孩子们蹑手蹑脚地走过去，围在四周。

"箱子里面会是什么?"

"小心,"好好玩乐天先生说,"那可能是原子弹。"

木箱里的炸弹

曼格尼爬上木箱,小心谨慎地打开盖子。

"里面是什么?"其他的孩子问。

曼格尼沉默不语。

"曼格尼,里面到底是什么啊?"

"只有纸。"

"上面写的什么?"

"是恐吓信吗?"

"是宣战文件吗?"

"他们下最后通牒了吗?"

曼格尼快速翻阅着一叠厚厚的纸。

"是故事。"

"故事?"

"没错,童话故事、冒险传说和诗篇。"

"诗篇?"

"这里还有一封信。"

"快念出来!"

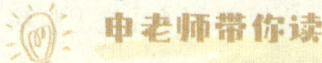

连续几个问句,表明孩子们心中的疑惑越来越多。可是结果却出乎意料,箱子里竟然是童话故事、冒险传说和诗篇。情节的反转,可以抓住读者的心。

亲爱的朋友们:

我们希望你们还活着。我们前阵子遇见了你们的朋友胡尔达和布米尔,他们告诉我们,自从太阳消失以后,你们的生活也变得非常困苦。我们希望,他们已经搭乘我们送的热气球顺利回到家了。因为你们那里比我们这里更黑更暗,我们真心想要帮助你们,让你们好过一些,所以特地送了一些食物、毛毯、故事和诗篇给你们,这样你们就不必再吃泥巴,也不会觉得无聊了。

献上最诚挚的祝福!

围坐在萤火虫罐旁的孩子

"那些黑暗世界的小孩送食物来给我们吗?"孩子们看着自己手中的炸弹问。

好好玩乐天先生猛然开口大笑。

> **申老师带你读**
>
> 乐天先生说的这一群大笨蛋，果真笨吗？他们的"笨"其实是内心极大的善意，自己身处困境，还给予别人帮助，更让人感动。
>
> 在场的孩子和乐天先生的反应完全不同，也鲜明地表达了他们的态度。孰是孰非，也很分明。

"哈哈哈哈！真是一群大笨蛋！"他一边哈哈大笑，一边捂着肚子在地上打滚，"他们竟然相信布米尔和胡尔达的谎话！他们真的以为你们饿到只吃泥巴！"

在场的孩子没有一个笑得出来，除了几个为了捧场勉强挤出笑声的人。

"他们还送了毛毯和诗篇给我们？"孩子们问。

这时，好好玩乐天先生甚至笑到眼泪都喷出来了。

"哈哈！我从来没听说过这种事！他们自己生活的地方又暗又冷，竟然还把毛毯和食物送到阳光普照的温暖地方，只因为他们认为这里也又冷又暗？！"

"他们为什么对我们这么好？"孩子们问。

"我不知道，"好好玩乐天先生说，"有些人就是天生比较笨，容易上当受骗。"

孩子们站在沙滩上，看着他们正打算送给那些面容惨白的孩子的木桶。苍蝇发出嗡嗡声，绕着那个混杂着食物、毛毯和鞋子的木桶飞来飞去。

"好啦，孩子们，继续飞，把这些事忘得一干二净吧！预备，飞吧！"

大家一动也不动。

"你们怎么了?"

没有人应声。

"那些孩子住在又冷又暗的地方,竟然还把毛毯和鱼干送来给你们。他们一定蠢死了,根本没资格拥有太阳,"好好玩乐天先生说,"他们完全不知道自己在干什么。别理他们,继续飞吧!"

孩子们个个垂头丧气地站在沙滩上,艾娃打算拥抱曼格尼,可他实在太滑了。

"跟我来吧!"

艾娃用手肘轻轻碰了一下曼格尼。

曼格尼也碰了伍迪一下,伍迪又碰了阿尔诺一下,孩子们一个接一个地碰手肘,他们全都一起飞到峡谷,降落在那道只剩涓涓细流的瀑布旁。孩子们剥下身上的神奇铁氟龙涂层,扔进了瀑布里。

> 孩子们的举动令人感动。孩子们剥下身上的神奇铁氟龙涂层的时候,他们已经做出了选择。黑暗世界的孩子唤醒了岛上孩子心底的善良。

> **申老师带你读**
>
> 生活的乐趣如果仅仅靠笑话来维持,是不会长久的。放下欲望,回归本真,再一次让孩子们发现了生活中朴实的美好。

> 曾经那些所谓的快乐,在不知不觉中,已经让他们失去了健康的体魄,他们的青春一点点被出卖,还好善良和良知尚存。

随着孩子们扔进瀑布的涂层越多,溅起的水雾越多,瀑布奔腾的怒吼声也越大,最后变成震耳欲聋的轰隆声。事实上,水声大到让他们把好好玩乐天先生曾经讲过的所有笑话都忘得一干二净了。接着,峡谷上出现了一道巨大又美丽的彩虹。

孩子们纷纷闭上眼睛,感受水雾拥抱自己的身体。然后,他们又飞到蝴蝶山洞,拍掉蝴蝶鳞粉,再小心翼翼地撒在蝴蝶的翅膀上。孩子们互相拥抱,亲吻对方,然后一路往回走。许多人突然觉得非常疲惫,因为自从太阳被钉住以后,他们就没再使用过自己的双脚了。他们的骨头变得很脆弱,关节僵硬,其中几个孩子还必须拄着拐杖才能走路。

他们走回沙滩时,好好玩乐天先生正独自在沙滩上折叠他的躺椅。

"你们这群无知又不知感恩的小孩,"他喃喃自语,"我要走了!"

"我们为什么变得这么老又这么虚弱?"孩子们问道。

"因为你们为了玩乐,把青春卖给我了啊!"

"可是现在,我们不想玩了,我们可以把青春要回来吗?"

"你们把自己的青春卖给我,那就是我的东西了,我要怎么处置是我的事。"

"你要拿我们的青春做什么?我们不想要满头灰发,也不想要虚弱的身体。"

"青春是世界上最珍贵的东西,比黄金和钻石还要有价值,是我这艘宇宙飞船的燃料。有了你们卖给我的青春,我就可以到下一个星球,而且只要我能永葆青春,我就能为自己买到许多朋友。"

> 如此珍贵的青春被当作物品买卖,最后竟作为宇宙飞船的燃料,让人唏嘘。

"你没有朋友吗?"孩子们问。好好玩乐天先生没有回答。

他们难过地看着好好玩乐天先生。宇宙飞船的燃料箱几乎装满了。

"你真的要把我们的青春当作燃料和钱吗?"

"你真的要我们一直这么老,还顶着满头灰发吗?"

"你们不是觉得灰色的头发很酷、很流行吗?"

好好玩乐天先生拿起他的扩音器继续说:

"很久以前,有位妇人养了一只名叫'流行尖端'的狗,那只狗却在她洗澡的时候不见了。于是她光着身体冲到阳台大叫,流行尖端!流行尖端!结果从那天起,大家就开始光着身体走来走去,因为他们都以为这样就是流行尖端!"

> **申老师带你读**
>
> 此时的醒悟，难能可贵。这个笑话何尝不是对我们的警示？有的时候我们只是窥见了皮毛，尝到了一点儿甜头，便随大溜儿，不能自拔，从而坠入欲望的深渊。

听了这个笑话，没有人笑得出来。

"你可以把青春还给我们吗？"艾娃轻声地问。

"可我的宇宙飞船必须靠青春当燃料才能启动，你们希望我继续留在这里吗？"

没有人回答。

"那你会先把太阳的钉子拔掉吗？"

"我不会为不知感恩的小孩做任何事。"

"但是，只有你能拔掉太阳的钉子，"孩子们说，"那根钉子一定要拔掉才行，要不然星球另一边的小孩就会死。"

"孩子们，拔掉太阳的钉子，代价可不小啊！"

"要付上多少代价？"

"任何一个小孩心中的一点儿青春。"

"呼，还不算太多，那我们到底还有多少青春呢？"

"你们每颗心上都还有一点儿。"

"你这个大骗子！心里最后的一点儿青春是不能被拿走的！"

"很简单，只要用一颗石头做的心来交换就可以了。"好好玩乐天先生说。

"可是你的燃料箱已经满了，还要那一点儿青春做什么？"

"最后一点儿青春最有价值。另一个星球上有个濒死的国王,他为了得到某个小孩心中的最后一点儿青春,宁愿用整个王国来交换。"

"我们不能把最后一点儿青春都给你!"孩子们大声叫着,"我们宁愿死,也不要有一颗石头做的心。"

"你们自己决定吧!"好好玩乐天先生说,"看你们是要有一颗石头做的心,还是要让星球另一边的那些笨小孩死在黑暗中。"

"你真的是太空怪兽!"孩子们说。

"是你们自己希望在晚上也能玩乐,要我把太阳钉住的。"

"是的。"

"是你们自己投票决定,不要拔掉太阳的钉子的。"

"是的。"

"多数人的意见总是对的,我只是按照你们多数人的决定做事罢了。我不是什么怪兽,你们才是真正的怪兽。你们自己投票决定,要让星球另一边的小孩一直生活在黑暗中,在我看来,你们的心早就变成石头了。"

没有人反驳。

"如果有人自愿把他的最后一点儿青春给我,我就把太阳的钉子拔掉。这么一来,所有的事就会像从前一样了。快点决定吧,不然我要走了。"

好好玩乐天先生踏进宇宙飞船打算离开,他启动了以孩子们的青春为燃料的发动机,准备前往正在等待他的其他星球。

就在这时，那群孩子中间传出一个声音。

"只要你愿意拔掉太阳的钉子，你可以拿走我最后的一点儿青春。"

所有的小孩都目瞪口呆地看着开口说话的布米尔。

说出这句话的布米尔无比坚定，因为他经历了黑暗中的生活，他不愿意那里的孩子永远生活在黑暗里。故事读到这里，我们看到了布米尔真正的成长。他的坚定与勇敢在前面的部分就有伏笔，你发现了吗？

铁石心肠

孩子们静静地站着,眼睛直视着布米尔。

好好玩乐天先生微笑着迈出宇宙飞船。

"真是个明智的决定。"

没有人开口说一句话。

布米尔走到人群最前面。

"你拿走我的最后一点儿青春后,保证一定会把太阳的钉子拔掉,不会食言吗?"

"我保证,相信我。我不是一向说到做到吗?"好好玩乐天先生满脸笑容地说。

没有人笑得出来。

"你想要哪一种,铁心还是石心?"

布米尔凝视所有的孩子思索着。如果他选择石心,那么就再也不需要朋友了;如果他选择铁心,就会对所有的东西都失去感觉。

"我什么心也不想要,"他说,"我宁愿死,也不要有一颗石心或铁心。"

"我可不是恶魔,我不想杀你,"好好玩乐天先生说,"我会给你一颗石心,他们再也不会想和你做朋友了。"

好好玩乐天先生按下宇宙飞船上的一个按钮,一座手术台便伴随着剧烈的声响降了下来。接着,他按了另一个按钮,吸尘器便冒出一个圆盘电锯,然后,他又拉了一下手术台旁的拉杆,这次蹦出一把伞和一个电动缝合器。

"这个手术很简单,"好好玩乐天先生解释说,"我会在开合伞的瞬间,用电锯在你的胸口切开一个小洞,用吸尘器把你的旧心吸出来,再从伤口注入石心,接下来的工作就交给电动缝合器,然后你就会成为全新的人了!"

布米尔回过头看看自己的朋友。手术过后,他就会变得冷漠又毫无感情,不再需要任何朋友了。他四处寻找胡尔达的身影,却没有看见她。哦,他多么想再拥抱胡尔达最后一次。他在手术台上躺下来,闭上了眼睛。

申老师带你读

朋友之间的友谊是最珍贵的,虽然偶尔也会有分歧,但朋友之间总是会相互理解、相互原谅、相互扶持的。想一想,这个时候,胡尔达去哪里了呢?

乐天先生站好,神采奕奕地打开伞再合起来,电锯启动了,开始慢慢下降,越来越接近布米尔……

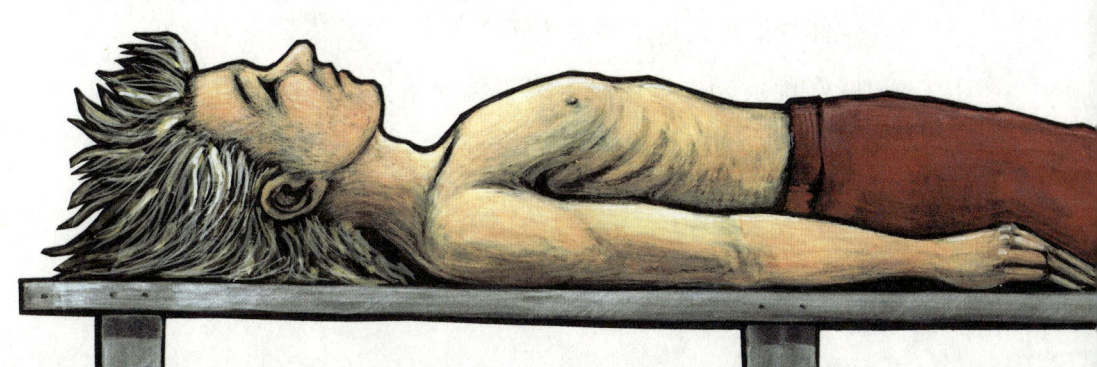

好好玩乐天先生的梦

突然,有人大喊:"等一下!乐天先生!等一下!"

大家四处张望,原来是胡尔达。

"怎么了?"好好玩乐天先生一边说,一边停下来,"你难道没看见我正在忙吗?"

"好好玩乐天先生,你的梦是什么?"胡尔达问。

"你……你……是什么意思?我的梦?"

"好好玩乐天先生,你的梦是什么?"胡尔达目不转睛地看着好好玩乐天先生,又问了一次。

"为什么这么问?"

"回答我。"

好好玩乐天先生的表情有几分羞愧,说:"我不知道。我的工作是让别人美梦成真,我对自己的梦没什么兴趣。"

"难道你从来没有做过梦?"

好好玩乐天先生喃喃地说:"有啊,偶尔我也会做梦。"

"你梦见什么?"胡尔达问。

好好玩乐天先生用脚尖踢了踢沙子,小声地说:"我梦见自己变成国王。"

"什么？"

"我想当国王。"好好玩乐天先生稍微提高了一点儿音量。

孩子们看着他，开始交头接耳，窃窃私语。国王？那是什么？那是他最宝贵的梦吗？有些孩子忍不住笑了起来。好特别的梦啊！

好好玩乐天先生看着远方的天空，仿佛迷失在自己的梦境里。

> **申老师带你读**
>
> 与其说这是美丽的梦境，不如说这是内心的欲望。欲望总是会让人迷失自我，一如之前的孩子们。

"我梦见自己是国王，拥有一座漂亮的城堡。我坐在巨大的豪华宝座上，城堡四周围绕着护城河，里面养着许多鳄鱼，还有一座升降吊桥。我可以爬上城堡最高的塔楼，瞭望我的领土，对我的臣民发号施令。"

孩子们都惊叹得说不出话来。

"你拿走我们的青春，让我们的头发变成灰色，就只是为了你想成为某个遥远国家的国王吗？"

"我想把最后一点儿青春卖给某个星球上非常年老的国王，然后取代他成为国

> 此刻的胡尔达机智且冷静，让乐天先生说出了自己的梦想，也终于解开了青春售卖的谜团。每个人都有欲望，乐天先生也不例外。

王。"

"再跟我们多说一些你的梦。"胡尔达说。她希望能多争取一点儿时间拯救布米尔。

好好玩乐天先生闭上双眼,滔滔不绝地说着他的美梦——王冠、珠宝和骏马,还有他要如何驾驶马车巡视自己的领土,向他的臣民挥手致意。

孩子们个个听得目瞪口呆。

"嘿,大伙儿,我们得想办法救布米尔。"胡尔达轻声说。

孩子们悄悄聚集在一起,好好玩乐天先生还在闭着眼睛继续说着他的春秋

申老师带你读

相亲相爱、互相支持、团结一心,大家成了彼此的依靠。关键时候孩子们的冷静值得赞赏,他们的智慧更是让我们钦佩。在孩子们精心的安排下,乐天先生也慢慢走进了他们为他编织的美梦中。

大梦……

"城堡要铺满贝壳和钻石……"

"我想到一个办法,这招在童话故事里总是很管用,"曼格尼说,"我们必须把好好玩乐天先生杀死,就像那些巨人、喷火龙和巫婆,在童话故事里最后一定会死掉。"

"没错,"艾娃说,"就像魔女在阳光下变成石头,巫婆被推进火炉烧死,或喷火龙被宝剑刺死。"

"我们一定要杀死他,才能救布米尔!"所有的小孩都同意这么做。

"我们马上攻击他。"

孩子们纷纷准备攻击好好玩乐天先生。

"不行!不行!他不能死。"胡尔达坚决地说。

"为什么?他是恶魔啊!"

"对,他是太空怪兽!"

"但他只是按照我们说的去做,达成我们的愿望。要是他真的死了,太阳的钉子就永远拔不出来了,住在黑暗世界的小孩就会死掉。"

"那你觉得该怎么办?"

"我有一个更好的想法,"胡尔达说,"大家仔细听。"

胡尔达深吸一口气,一脸严肃地看着朋友们。

> 在重要的时刻,冷静思考很重要,因为冲动解决不了问题。目前最紧要的是拔出太阳的钉子,解救黑暗世界的孩子。

"我们要让好好玩乐天先生当国王,让他美梦成真,就像他让我们美梦成真一样。"

孩子们难以置信地面面相觑。

"你疯了吗?"艾娃轻声说,"这个人非常危险,我们应该把他关起来才对。"

孩子们看着好好玩乐天先生,他正站在手术台旁,闭着眼睛,一脸愉悦地说:"每个人都向我鞠躬行礼……"

"胡尔达,你真的疯了。我们不能让任何人来当我们的国王。"孩子们小声地说。

"难道你们还不明白吗?"胡尔达也小声回应,"国王就像一只关在笼子里的猴子,你只要喂他吃东西,高高兴兴地观察他就行了,根本不必担心他。"

好好玩乐天先生还沉浸在他的春秋大梦中。"然后,我就可以望着我的领土说:'这是我的王国'。"

"我们应该把他关起来。"孩子们对胡尔达说。

"不,"胡尔达说,"更简单的做法是把他关进城堡里。"

好好玩乐天先生还是自顾自地说个没完:"我的头上戴着一顶纯金的王冠……"

胡尔达继续说:"更何况,盖城堡比盖监狱有趣多了。"

"可是,国王将统治所有的人!我们

不能让他来管我们!"

"国王统治的是大人!我们是野孩子,想做什么就做什么!"

"还有,我们要怎么把青春要回来?"

"我不知道。"胡尔达说。

孩子们看着彼此,又看着躺在手术台上的布米尔,他正躺在伞和电动缝合器之间,等待着接下来随时可能发生的事。

胡尔达突然大叫:"好好玩乐天先生!"

他猛然清醒,不再说他的梦了:"干什么?"

"你可以当国王了!"

> **申老师带你读**
>
> 把青春要回来是很重要的事情。要回青春才能让一切都回到最初的模样。只是给出去容易,赎回也会那么容易吗?

好好玩乐天国王陛下

好好玩乐天先生惊讶得目瞪口呆。

"什么?你们说什么?我真的可以当国王吗?"

"没错,你可以戴着王冠住在有护城河和鳄鱼的城堡里。"

好好玩乐天先生一脸不可思议,看着眼前这群小孩。

"你们是说真的吗?"

"对啊,"孩子们齐声说,"你可以当我们的、所有动物的和这座小岛的国王。"

"我简直不敢相信自己的耳朵。"好好玩乐天先生说。他的眼中泛着感动的泪水。

"你也可以当太阳、云朵、月亮、星星和蝴蝶的国王。"

"真的?"

"我们以童子军的信誉保证!"孩

子们说。

好好玩乐天先生的脸上绽放出欢天喜地的神情。

"可是,你们为什么要让我的美梦成真呢?"

"因为你先让我们美梦成真,所以,出于礼貌,我们也要让你美梦成真。"

> **申老师带你读**
>
> 幸运的是,孩子们的智慧并没有随青春流失,他们看似在礼尚往来,实则是"以其人之道还治其人之身",真是绝妙。

"那我现在是国王了吗?"

"是啊,你已经可以开始下命令了,从今以后,你的头衔将改成好好玩乐天国王陛下。"

好好玩乐天先生咧嘴大笑,然后一溜烟钻进他的宇宙飞船。当他再度现身时,脚上穿着一双黑皮靴,身上披着酒红色的袍子,头上戴着一顶黄金打造的王冠,手上握着纯金的权杖。

> 实现了梦想的乐天先生,神气无比,兴奋溢于言表,就像当初实现了飞翔梦想的孩子们。

> **申老师带你读**
>
> "一点点就够了,少到不值一提。"这句话有没有让你觉得很熟悉?现在乐天先生和小孩们似乎互换了角色,故事越来越有趣。孩子们说着乐天先生曾经说过的那些话,乐天先生似乎也在做着孩子们曾经做过的那些事。

"我把这些收在衣柜里,以备有一天派得上用场。"好好玩乐天先生不好意思地说。

他装扮好之后,马上开始下达他的第一道命令:"众臣民,快为我盖一座漂亮的城堡!"

可是,这些小孩看起来个个疲惫不堪。

"我们没办法,你看我们满头灰发,又老又虚弱。要是我们能够拥有多一点儿青春,盖一座漂亮的城堡根本不用多少时间。"

"你们需要多少?"

"一点点就够了,少到不值一提。"孩子们说。

"那有什么问题!孩子们,我的燃料箱里可是装着满满的青春呢!"

好好玩乐天先生骄傲地迈着非常诡异的步伐走进宇宙飞船,他半跑半跳地经过躺在手术台上的布米尔。

"这位臣民,你为什么还像只软趴趴的水母躺在这里?难道你不去帮忙盖城堡吗?"

布米尔惊讶得说不出话来。

"哦,可怜的小东西,你已经虚弱得说不出话来了。"

好好玩乐天先生将一支长柄勺伸进装满青春的燃料箱里,舀了一勺给布米尔喝。布米尔马上感觉青春在他的每根血管和神经流窜奔腾,最后注入心脏。好好玩乐天先生也分别给其他小孩喝下几滴青春，他们的脸随即变得光滑柔嫩，双脚变得强壮有力，头发也由灰色变为金色、黑色或红色。

大家齐心协力，没过多久，沙滩上便出现了一座白色的城堡，城堡里面有许多塔楼，四周环绕着游着鳄鱼的护城河。好好玩乐天先生笑得非常开心，他直奔最高的塔楼，俯视自己的王国。

"我还需要马房和马夫！"他大喊着。

"您完全不需要马房和马夫，"孩子们叫着回应，"这里的马都会照顾自己，草原上的青草足够让它们每天吃得饱饱的。"

"可是，谁去把那些马带给我呢？"

"只要您一声令下，它们就会来了。"

"真是太聪明了。"好好玩乐天先生笑着说。但他随即又变成一副心事重重的样子。

"我需要仆人和厨师！"他大声说。

"没必要，"孩子们说，"果树会长到您的窗口，如果您肚子饿了，只要一伸手就可以摘到苹果、杧果或柳橙。"

"企鹅还会在您的院子里下蛋，您可以煎来吃。"

"如果我想吃肉呢？"

"海豹就睡在沙滩上，您只要用权杖一敲，就可以打昏一只海豹。您该不会想让仆人使用您的权杖吧，是不是？"胡尔达问。

"<u>不行，我不准任何人碰这支权杖，</u>"好好玩乐天先生说，"<u>我要用它来统治王国。</u>"

"而且，国王都很喜欢打猎，例如射鸟、射鹿或抓鲑鱼，您该不会想让仆人帮您做这

> 权杖是权力的象征，任何人都不可以碰。乐天先生困于孩子们为他构筑的美梦之中，不能自拔。

147

些事吧？"

"这倒是事实，"好好玩乐天先生说，"只有国王可以打猎和抓鱼，仆人不行。"

好好玩乐天先生又陷入了沉思。

"可是我需要守卫和士兵。"他大叫。

"我们都是您的好朋友，所以您不需要士兵。"孩子们说。

"真聪明，"好好玩乐天先生说，"这点我倒是没想到。"

可好好玩乐天先生又在伤脑筋了。

"可是，我要的那箱黄金呢？总得有人去做个箱子，然后到山里找黄金，把它们挖出来填满箱子，这样才能把那箱黄金藏在城堡的某个地窖里。"

"可是，您也是每座山的国王，把黄金保留在它们原来的地方比较安全，这样就不怕被人发现了。"

"这个管理办法真是太聪明了，"好好玩乐天先生回答，"我将是全世界最聪明、最有智慧的国王！"

孩子们微笑地看着彼此。接着，好好玩乐天先生好像突然想到了什么，从塔楼窗口探出头来大喊："那么，我要把剩下的青春保存在什么地方？如果我搬进城堡定居，宇宙飞船的燃料箱就可能生锈破裂。"

"您是我们的国王，所以最安全的保存地点就是我们心中的青春之井，这样，您就有许许多多臣民守护它了。"

好好玩乐天先生露出开朗的笑容。

"这个想法太棒了，这么一来，再也没有人可以把它从你们身上拿走了。"

于是，好好玩乐天先生将青春归还给所有小孩，重新注满他们心中的青春之井，就像从前那样。这些孩子的皮肤变得像初生婴儿般细嫩，他们的头发也变得像沙滩一样金黄，像乌鸦一样乌黑，像火焰一样火红。

孩子们在太阳下笑得开心极了，只有布米尔一个人忧心忡忡。

"那些黑暗世界的小孩该怎么办？"他喃喃自语。

"别担心。"胡尔达说，"好好玩乐天先生，现在，是不是一切都很完美啊？"

好好玩乐天先生思考了好长一段时间后，终于从塔楼窗口大喊：

"一切都很完美！"

"那么您也是月亮、星星和云朵的国王吗？"胡尔达问。

"没错，我当然是。"好好玩乐天先生说。

> **申老师带你读**
>
> 看似顺势而为，实则是作者的匠心安排。孩子们集结智慧，最终实现了自己的成长与蜕变。

> **申老师带你读**
>
> 乐天先生当上了"国王",他的"权力"越大,心里的欲望也越大。就连月亮、星星和云朵,也要被纳入他的统治范围。要统治云朵,就要拆掉狼云,环环相扣,乐天先生好像掉进了胡尔达挖好的一个个"陷阱"里。

"可是,如果太阳一直被钉在我们的小岛上空,那么,您要怎么统治月亮和星星呢?还有,如果那朵狼云不停地把其他云朵赶走,那您又如何统治云朵呢?"

好好玩乐天先生左思右想后说:"把太阳的钉子拔掉,然后除掉那朵狼云,这样我就能看到月亮、星星和云朵了。"

好好玩乐天先生对自己提出的办法感到十分满意。

"好好玩乐天先生,您毫无疑问是这座岛有史以来最有智慧的国王。"

好好玩乐天先生回到城堡的庭院,仰起头对天空大喊:

"狼云!狼云!现在马上过来!"

接着,传来一阵惊心动魄的嚎叫,那朵狼云飞到了他们上空。好好玩乐天先生拿出最强力的吸尘器对着狼云,一眨眼,那朵狼云就被吸了进去,吸尘器里传出一阵虚弱的呻吟。从此,吸尘器里便总会发出虚弱的呻吟声。

"好好玩乐天国王陛下万岁!"孩子们大声欢呼。

没过多久,云又开始慢慢聚集在这座小岛的上空,有的像绵羊,有的像翱翔的天鹅,有的像把水分储存在驼峰里的骆驼。

接着，好好玩乐天国王陛下搬出他的长梯子，架在一朵看起来像鲸的云上。他沿着梯子爬上天空，手里拿着一把巨大的铁橇，用力拔掉了钉在太阳上的钉子。

"万岁，太阳自由了！"孩子们兴奋地大喊。

从此，这里不再永远是白天，太阳在空中继续它的旅程，然后消失在地平线。

孩子们纷纷竖起耳朵。

最后，所有人终于听见他们期待已久的那个声音从遥远的地方传来，先是惊叫声，接着是难以置信的、响彻云霄的欢呼声：

"万岁！万岁！万岁！"

那欢呼声来自星球的另一边，那里已经不再黑暗，孩子们热情地迎接长久以来的第一道曙光。

"那些黑暗世界的小孩现在一定很高兴，"胡尔达笑着说，"因为他们现在是光明世界的小孩了。"

月亮慢慢升起，星星也闪闪发亮。好好玩乐天国王陛下从自己的塔楼窗口大声说："众臣民！没有人来让我开心一下吗？"

孩子们围着火堆坐在沙滩上，开始朗诵起和太空怪兽有关的诗篇及童话故事。

"可是我们没有资格踏进王宫。"胡尔达大叫。

"不如请您下来加入我们，和我们一起坐在火堆旁，我们会

终于等到了这一刻，太阳终于自由了。孩子们用自己的智慧让一切恢复如初。读到这里，你的心里一定无比感动吧。

说故事给您听。"布米尔说。

好好玩乐天国王陛下走出城堡，和孩子们一起坐在火堆旁。孩子们一整晚都在说故事给他听，他也把自己曾经造访过的那些遥远星球上的所见所闻告诉孩子们。最后，他们一起在温暖的火堆旁沉沉睡去，做起了妙不可言的梦。

第二天，当孩子们醒来时，天空中布满了数以万计的璀璨缤纷、振翅飞翔的蝴蝶。

所有人都静默不语，只有好好玩乐天先生微笑着喃喃地说：

"哦，真是太美了！"

> **申老师带你读**
>
> 曾经的乐天先生只会给孩子们讲笑话，总想着从孩子们那里获得青春。但是现在他给孩子们讲自己在遥远的星球上的所见所闻，这样的画面真让人感动。乐天先生仿佛找回了孩童的纯真。
>
> 被欲望左右的小孩、大人找回最初的美好，恢复了最初善良和纯真的模样。童话般的美好结局，皆大欢喜，这也是作者美好的愿望吧。

译后记

回到最初的善美

·刘清彦·

有时候我实在忍不住揣想,如果这个世界回到上天初创的时候,会是如何的光景?

这个故事的开场段落,正好和我的想象不谋而合。大自然保有其原始的美丽与盎然生机;万物各从其类,各司其职,整个世界随季节更迭,安然平和地运转;未被玷污的人心也宛如孩童般纯真良善,大家彼此关怀,真诚相待,也能以最单纯的眼光看待事物,发现其中的善美。即使是最微小的美,也能让人心满意足。

然而,想象毕竟只是想象,与我们每天面对的现实南辕北辙。不过,正因为这个故事从几近"真善美"的场景开启,这种完美的不真实感,越发令人心头惴惴难安,总有山雨欲来的忐忑在心中翻搅。

果然,"太空怪兽"一现身,完美的局面开始翻转,原本的纯真善美一点点被吞噬。乐天先生仿佛就是伊甸园中引诱夏娃吃下善恶果的那条蛇,出口大放欢乐与美梦成真的厥词,却将岛上的小孩们一步一步引向灭亡之途。他们变得短视近利、好逸恶劳，自私冷漠到看不见别人的需要，甚至不顾他人死活。

好，作者到底要说什么？

首先可议的是——青春。

岛上那些孩子原本生活在一个富饶丰腴、无忧无烦的环境中，他们想做什么就做什么，饿了顺手摘果子，累了就地而眠，每年期待着蝴蝶迁徙，绽放出缤纷天际的美丽。生活中的一点点惊喜——哪怕是一颗小小的石头，也能让他们欢喜和满足。

然而，乐天先生却挑起了他们心中最致命的欲望：美梦成真，谁不想要呢？不止息的欢乐，谁不渴望呢？这些孩子在品尝到"小飞侠"自在飞行的乐趣后，也逐渐深陷于欲望的无底深渊。为了保有不切实际的梦，他们开始像在游乐场尽情嬉戏而忘我的"小木偶"一样，出卖了自己的灵魂。

于是，青春成了交易的筹码。只不过，那些永远长不大的小孩哪里懂得青春为何物？况且只需要一丁点儿，就能换来欢乐美梦，有何不可呢？殊不知，当青春从心中的"青春之井"一点一滴流失后，孩子们失去的不仅是体能和外在的容貌，心里的"欲望之井"也越掘越深。渴望越深，想要的也越多。为了满足内心的渴望，交易的筹码便不断增加，失去的青春也就更多。

但是，这些孩子若单单只流失自己的青春也就罢了，他们没有察觉的是，随着青春付上的附加代价——"良知"也渐渐泯灭。这衍生出许多原本不存在于这些孩子当中的伦理和道德问题。他们相信谎言，不顾事实，甚至开始说谎；他们变得自私自利，看不见他人的需要，也不再有温暖的爱与关怀，连分享和给予都变成毫无怜恤的施舍。然后，原有的平和被搅乱，纷争迭起，甚至差点引发战争。

这样的结果是：一颗颗铁石心肠慢慢形成……而作者在这时紧急踩了刹车。

那些活在黑暗世界之中、濒临死神召唤的小孩，虽然被轻忽、被鄙视、遭污蔑，却仍保有纯真善良。他们出于真心的善意举动，及时唤醒了这些岛上的孩子仅存的一点点良知。只是，岛上的孩子想扭转局势、挽回自己丧失的一切时，早已年老体衰、力不从心了。

所幸，这些孩子的聪慧才智并没有随青春流失，"以其人之道还治其人之身"的妙招，让乐天先生心甘情愿地归还了青春，也使他困陷于自己构筑的美梦——城堡——之中，再也不惹是生非。小岛复归平静和秩序，小孩们也恢复了原来的样貌，但他们的心智与之前相比，俨然长大、成熟了许多。是淬炼是蜕变，是好是坏，作者没有定论。不过，可以想见的是，他们会更珍惜自己所拥有的一切，毕竟他们曾经失去过……

这个故事虽然脱胎自威廉·戈尔丁的《蝇王》，却更相信孩童心中最原始的善与美，而这也是人性中最纯粹的珍宝。作者在书中刻意安排了唯一一个成人角色，似乎也是在提醒我们这些大人，有责任去呵护孩子心中的善与美——"教孩子走当行的道"，是一件多么重要的事。

阅读手账

野生动物居然还会怕小孩，作者自然巧妙地层层推进，让这个情节既出乎意料，又在情理之中，增添了故事的曲折和悬疑意味。

在结尾，作者并没有言明"令人难以置信的景象"到底是什么，有点中国古代章回小说结尾"欲知后事如何，且待下回分解"的意味。

作者调动了视觉和听觉两种感官，让我们有身临其境的感觉。

作者对臭味的形容太奇妙了。这种别出心裁的表达，总能吸引读者的注意力，让人会心一笑。

会说话，看不见什么生命迹象，却传来敲打声，让人好奇不已。人物出场前的铺垫很重要。

阅读记录卡

日期	阅读页数	阅读时长	我的感受	为自己点赞
				☆☆☆☆☆
				☆☆☆☆☆
				☆☆☆☆☆
				☆☆☆☆☆
				☆☆☆☆☆
				☆☆☆☆☆
				☆☆☆☆☆
				☆☆☆☆☆
				☆☆☆☆☆
				☆☆☆☆☆

Copyright © Andri Snær Magnason (text), 1999
Copyright © Áslaug Jónsdóttir (illustrations), 1999
Title of the original Icelandic edition: Sagan af bláa hnettinum
Published by agreement with Forlagid Publishing, www.forlagid.is
Simplified Chinese translation copyright © 2020 by Beijing Dandelion Children's Book House Co., Ltd.

图书在版编目（CIP）数据

孩子国的故事 /（冰）安德里·斯奈·德纳森著；（冰）奥丝拉格·琼斯多特尔绘；刘清彦译；周其星主编. -- 贵阳：贵州人民出版社，2025.1. --（小学生分级整本书阅读）. -- ISBN 978-7-221-18436-8

Ⅰ. I535.84

中国国家版本馆CIP数据核字第2024Y3X225号

XIAOXUESHENG FENJI ZHENGBENSHU YUEDU
HAIZIGUO DE GUSHI
小学生分级整本书阅读
孩子国的故事
[冰]安德里·斯奈·德纳森 著 [冰]奥丝拉格·琼斯多特尔 绘 刘清彦 译 周其星 主编

| 出 版 人 | 朱文迅 | 策 划 | 蒲公英童书馆 |
| 责任编辑 | 颜小鹂 | 执行编辑 | 蒲 仪 | 装帧设计 | 曾 念 | 蒲雪莹 | 责任印制 | 郑海鸥 |

出版发行　贵州出版集团　贵州人民出版社
地　　址　贵阳市观山湖区中天会展城会展东路SOHO公寓A座（010-85805785　编辑部）
印　　刷　北京博海升彩色印刷有限公司（010-60594509）
版　　次　2025年1月第1版
印　　次　2025年1月第1次印刷
开　　本　710毫米×960毫米　1/16
印　　张　10.25
字　　数　100千字
书　　号　ISBN 978-7-221-18436-8
定　　价　36.80元

如发现图书印装质量问题，请与印刷厂联系调换；版权所有，翻版必究；未经许可，不得转载。
质量监督电话　010-85805785-8015